ターン・オーバー・ターン

CROSS NOVELS

火崎 勇
NOVEL: Yuu Hizaki

麻生 海
ILLUST: Kai Asou

CROSS NOVELS

CONTENTS

CROSS NOVELS

CONTENTS

ターン・オーバー・ターン

TurnOverTurn

CROSS NOVELS

どこにでもいるような平凡な青年、俺、花川夏生《はなかわなつお》の人生には、大きな出来事が三度あった。

最初は、小学校の時の両親の離婚。

理由は母の浮気だ。

しかも、相手は俺の小学校の先生だった。

それを知った時のショックは半端なく、優しい先生と優しい母親が、大好きな父を裏切ったことを、どう受け止めていいかわからなかった。

離婚するまでの三カ月、両親はまだ小学校二年生の俺が見ている前で毎日のようにケンカし、何が起こってこうなったのかを口にしていた。

家族のために働いていたと言う父と、家庭を顧《かえり》みないから寂しかったと言う母。

それが『尻軽、浮気女』『どうせそっちだって外に女がいるのはわかってるのよ』という応酬《おうしゆう》になり、最終的には別れてしまったのだ。

両親のどちらもが、俺を引き取ることを拒《こば》んだ。

父は、確かに母の言う通りあまり家庭的な人ではなかったし、浮気した母の子供など引き取れるか、ましてやその相手が息子にかかわる人物であるとわかっているだけに俺の顔も見たくないと言い切った。

一方の母は、父に面差しの似た俺を嫌い、新しい生活に子供は不必要だと言い、先生とどこかへ行ってしまった。

児童の保護者とただならぬ仲になってしまった教師が、そのまま学校に残ることはできないから、姿をくらましたと言っていいだろう。

かなりハードな展開ではあったけれど、最終的に俺の身柄は母方の祖父母に引き取られることで落ち着いた。

母には兄、つまり俺にとっては伯父さんに当たる人がいたのだけれど、既《すで》に家庭を持っていたので。

それでよかった、と今は思ってる。

祖父母はとても優しい人で、「お前には責任はないんだよ」と言って、本当に可愛がって育ててくれたから。

お陰でヒネたりグレたりすることもなく、無事成長した自分の二度めの大きな出来事は、その祖父が病気で亡くなったこと。

長くは患《わずら》わず、倒れてから二カ月ほどで他界してしまった。

癌《がん》だった。

働き者で、病院嫌いだった祖父は、数年前から時々感じる痛みを家族の誰にも告げず、倒れた時には全身に腫瘍《しゅよう》ができていて、手の施しようがなかった。

高校三年の時のことだ。

迫る大学受験。

俺は進学するかどうか悩んだ。

だって、大学進学にはお金がかかる。我が家の収入は祖父ちゃんの稼ぎだった。その祖父ちゃんが亡くなり、入院の費用も支払うと、悠長に大学なんて行ってられない。

看護で受験勉強もできていなかったから、これはもう諦《あきら》めよう。祖母ちゃんと一緒に、何とか暮らしていけるようなとこへ勤められればそれでいい。

貧乏とか、金持ちとか、あまり関係ないことだし。

そんな考えを諌《いさ》めたのは、伯父さんだった。

「うちの子供が大学に行って、お前を大学に行かさないなんてみっともないことはできん。祖母さんからも何とかしてくれと言われてるから、大学に行く価値があるなら大学へ行け。その価値がなければ職業専門学校に入りなさい」

正しい説明だと思った。

そこで俺は、高校の担任の先生に全《すべ》ての事情を話して相談した。

「花川は成績はいいんだから、奨学金を狙ってみたらどうだ？」

と言うのが先生の回答だった。

「でも先生、俺学年一位とか取ったことないですよ？　最高で十二位でした」

「全面免除じゃなくて一部免除でいいなら、学年一番じゃなくても、ある程度の成績をキープできればいいってところもある。それを目指して、アルバイトするっていうのはどうだ？　どっちにしても簡単な話じゃないが……」

「それ、受けてみます」

というわけで、大学には無事入学することができた。

学年で五十位をキープできれば、授業料の三分の一が免除になる、という扱いで。

三分の一が免除になるなら祖母ちゃんだけで何とかなるから、伯父さんの世話にはならずに済んだ。

これで一安心、と思っていた大学二年の夏、三度目の大事件が起きてしまった。

その年の夏は酷《ひど》く暑くて、若い俺でさえ辛い日々が続いていた。

その暑さの中で祖母ちゃんが倒れたのだ。

幸い大事にはいたらなかったが、大学に行っている俺との二人暮らしは無理だろうということで、伯父さんが引き取ることになった。

けれど俺まで引き取れるほどには家も大きくなく、裕福でもなかったので、必然的に俺は一人暮らしをせざるを得なかった。

追い出されたわけじゃない。

いらないと言われたわけでもない。

でも三つ目の出来事で、ついに俺は一人になったわけだ。

学費は変わらず祖母ちゃんが払ってくれたし、家賃だけは伯父さんが出してくれた。

だが、祖母ちゃんの医療費という出費があるので生活費まではどうにもならず、自分で稼がねばならなかった。

授業料の免除がなくなれば大学に行けなくなるかも知れないから、勉強の手は抜けない。

生活費を切り詰めても、限度があるからバイトは必須。

最初は近所のコンビニのバイトをしていたのだが、だんだんと時給のいいバイトを選ぶようになり、酒の出る店でのウエイター、肉体労働へと移行し、へとへとに疲れてしまった。

そんな時、ゼミのＯＢの人から紹介されたのが、企業アドバイザー会社『レゾナンス』の仕事だった。

「花川はセンスがいいし、真面目《まじめ》だから、いいかも知れないぞ」

何をする会社かわからなかった。

ただバイト料がよかったのと、肉体労働ではないということだけで、そこへ向かった。

企業アドバイザー『レゾナンス』の仕事は、これから起業しようとする人、業績を伸ばそうとする会社、イメージを変えたい会社などにアドバイスをするというものだった。

依頼が来ると、その都度チームが組まれ、望まれるべき仕事をする。

時には仕入れや会社のロゴデザインを手配し、時には財務パッケージの見直し、時には資金調達の方法の伝授など、種類も豊富だ。

そこで俺がしていたのは、千原《ちはら》さんというチーフのアシスタントだった。

千原さんはチーフというだけあって、トップで指揮を執る人なので、リサーチ等の細かい仕事に時間が割けないらしく、代わりに自分の手足になる人が欲しかったらしい。

面接の日、咥《くわ》えタバコでこちらを見た千原さんを見て、俺はどこか祖父ちゃんに似てると思った。

「苦学生だって？」

年寄りというのじゃない。もちろん俺より歳は上だろうけれど、まだ三十代らしいし、身体も逞《たくま》しくてしっかり鍛《きた》えてる感じだし。

多分、仕事に対して職人肌だったからだろう。

「細かい仕事が多いから、頑張ってくれ」

千原さんも含め、『レゾナンス』はプロ集団みたいなものだった。

そんな中で、何にもわからない自分にできることは、ただひたすら真面目に働くことだけ。

幸い、祖父母との生活が長かったので、俺は年長者と付き合うことが苦ではなかった。

それどころか、年寄りは大好きだったので、若いけれどクライアントのお客様の年配の人には受けがよかった。

「千原さんとこの若い子、言葉遣いもちゃんとしてるし、お茶淹《い》れるのも上手いよねぇ」

なんて言われると、ちょっと嬉しい。

写真を撮りに行ったり、サンプルを取りに行ったり、外回りの仕事が多くなると、何と会社のお金でバイクの免許も取らせてくれた。

「車の免許も取らせてやりたいが、アルバイトだからな」

と言ってもらったが、バイクの免許だけでもありがたかった。

そうしてあっと言う間に月日が過ぎ、いよいよ大学も卒業ということになると、次は就職だ。

その頃にはどうしても『レゾナンス』に就職したくなっていた俺は、もちろん就職試験を受けた。

アルバイトで社内のノウハウがよくわかっていたことと、社内の人達の受けもよかったことで、少しゲタを履かせてもらえたのか、先日見事に合格通知をもらうことができた。

そしてその通知を手にした日の夜。

俺は人生四度目の大きな出来事を自分の手で引き起こそうとしていた。

六畳一間のアパート。

自分の携帯電話を握り締めたまま、ある人に電話をかけるかかけまいか悩んで、すでに二時間以上。

自分がバカなことをしようとしていることはわかっている。

けれどこれからずっと『レゾナンス』で働くつもりなら、どうしてもしておかなければならないことがあるのだ。

これがダメだったとしても、今ならまだ他社を受けることが可能だろう。

せっかく受かった就職先をダメにしたとしても、自分の胸の中にあるものは、これを秘めたまま会社で働くことはできないところにまで来ていた。

だから勇気を出して、俺は登録してある番号を呼び出した。

深呼吸して、アドレス帳の数字の羅列にカーソルを合わせ、ボタンを押す。

高鳴る胸で聞くコール音は遠く、呼び出しは長かった。

『はい？』

もう聞き慣れた声。

相手は千原さんだ。

「どうも、夜分にすみません。花川です。今、お時間よろしいですか？」

こっちは緊張しているというのに、相手は笑いながら答えた。

『ああ、かまわんぞ。合否報告か？』

「はい」

『受かったんだろ？』

「はい。ありがとうございます」

『俺に礼を言ったってしょうがないだろ。お前の実力だ』

「…あのですね。実は、就職するに当たって、一つだけ千原さんに訊いておきたいことがあるんです」

携帯を握る手に汗が滲む。

相手が目の前にいるわけでもないのに、正座してる自分は間抜けかも知れない。

でも、やっぱり『こういう時』は見えなくても礼儀正しくしていたい。

『何だ？　福利厚生か？』

「いいえ」

『配属か？』

「いいえ」

ではなんだ、というように相手がこちらの言葉を待つ。

その沈黙の中、耳の奥では鼓動がうるさい。

「じ…、実はですね…」

『うん』

さあ言うんだ。

そのために電話をかけたのだから。

「実は…、俺は千原さんが好きなんです」

『ああ、俺も花川は気に入ってるぞ』

この返しは想定内だ。

「違います。俺が言ってるのはそういう意味じゃありません」

『花川？』

「俺は…、千原さんに恋をしてるんですけど、そんな気持ちのまま『レゾナンス』に入社して迷惑にならないでしょうか」

…言った。

言ってしまった。

部屋はまだ肌寒いのに、全身から汗が噴き出る。

「もちろん、千原さんにも恋をしてくださいというわけじゃなくて、ただそういう気持ちを持ってる人間が側にいても気持ち悪くないかっていうことで…」

言葉を止めて相手の反応を待つが、電話の向こうからの声はなかった。

ダメだったか？

気持ち悪かったか？

俺達ぐらいの世代だと、男同士の恋愛って形も存在自体は許容範囲だけど、それより上の人には理解不能だという話は聞く。

この気持ちを自覚してから色々調べたり、人に訊いたりしたけれど、やっぱり歳がいけばいくほど、拒否反応が強かった。

千原さんがどんなにいい人でも、生理的に無理という場合もある。

「…千…原さん？」

やっぱりダメだったのかなぁと諦めながら、せめて何か言って欲しくてその名を呼ぶ。

するとややあってからやっと、低い、いつもの声が聞こえた。

『俺は気づかなかったんだが、お前はその…、そっちの人間だったのか？』

「…多分違うと思います」

『多分ってのは何だ？』

「俺…、今まで誰かにこんなこと言ったことなくて…、多分これが初恋だと…」

言ってて恥ずかしくなる。

もう今年二十二になろうって男のセリフじゃないよな。

『じゃ、女もイケルかも知れないんだな？』

「かも知れません。でも、他の女の人を見てるより、千原さんを見てる方が好きです」

そしてまた沈黙。

『つまりお前は、俺とそういう関係になりたいってことか？』

「そこまで大それたことは言いません。ただ、あなたを好きなままで側にいてもいいのかどうかだけ、教えて欲しくて…」

三度沈黙。

今度は長かった。

だが切られたわけではないので、じっと彼の返事を待つ。

電話越し、彼のライターの音が聞こえ、長いタメ息が聞こえた。多分、吸い付けた煙を吐き出したのだろう。

『お前、男同士で恋愛するって意味がわかってるか？』

「初心者なので、まだよくは…」

『じゃなんだって俺が好きだなんて言い出したんだ？』

来た。

この質問もされると思っていた。

「千原さんのことはずっと前から好きでした。頼りがいがあるし、強いし、仕事もできるし。憧《あこが》れの人でした」

『…そいつはありがとう。だがそれなら…』

「はい。それならそこまでの話だと思います。でも以前、千原さんが俺にパソコンを教えてる時に、後ろからぴったりとくっついて来た時があったでしょう？」

『…何度かな』

「はい。それで…ドキドキしたんです」

『ドキドキ？』

「体温が上がったっていうか、汗が出て、緊張して…。ゾクゾクしたっていうか…」

『勃《た》ったのか？』

ストレートな質問に、俺は顔を赤くした。…相手には見えないけれど。

「そ…こまでは…」

実際は半勃ちだったのだが、さすがにそこまで正直には言えなかった。俺にだって常識ぐらいはある。

『それなら思い込みってこともあるかも知れないな？』

「…はい」

そう言われると辛いけれど。

『俺に何をして欲しいってことはないんだな？』

「はい」

『ただ好きでいたいってだけか？』

「はい」

『ならいいんじゃないか？』

「…え？」

聞き間違いかと思った。

だが確かに千原さんは許可をくれた。

俺も好きだ、と言ってくれたわけではないけれど、それだけで舞い上がりそうだった。

『お前が俺を好きでも、別にかまわん。特に俺に何をしてくれってこともないんだろう？』

「はい」

『俺もお前のことは気に入ってるし、嫌われるよりずっといい。真面目に仕事してくれるなら問題はない。安心して就職しろ』

「い…、いいんですか？」

『ただし、もう一度ちゃんと考えてみるんだぞ。この歳で初恋だとか言うくらいだ、お前は恋愛に疎《うと》いのかも知れない。いや、疎いんだ。だから誤解ということも含めて、考えるんだぞ』

「はい」

誤解じゃないか、ということは何度も考えた。

何か別の要因があって、たまたま反応したんじゃないかとか、早いうちに父と離れたことによる父性を求めてのことじゃないかと。

でも答えはこれだった。

簡単に言ってるのではないのだ。

もう何カ月か、ずっとこのことだけを考えていたのだ。

けれど俺はそれを口にはしなかった。

千原さんを好きでいてもいい。

そのことを認めてもらっただけでもありがたいのだから、異論を唱えてはいけない。

『月曜からはまたバイトがあるんだから、頑張れよ』

「はい。ありがとうございます。失礼いたしました」

電話を持ったまま頭を下げ、相手が切った音を聞いてから、俺も電話を切った。

嬉しい。

告白しよう、と決めてから今日まで、色んなことを考えた。

考えれば考えるほど、想像は悪い方へ向かい、『何考えてるんだ』『バカなことを言うな』『気持ち悪い』『二度と顔を見せるな』と罵倒《ばとう》されることまで覚悟していた。

大学の友人にも、自分のことだと言わずに『男の人が好きっていう友達がいるんだけど…』と相談してみたことがあった。

その時の答えも、自分が対象にならないなら、個人の趣味だから何にも言わないけど、そういうヤツが側にいると思うと警戒するな、というものだった。

黙っていた方がいいとも思った。

言わないでいれば問題は起きないだろうと。

でも自分はそんなにポーカーフェイスでいられるだろうか？　何も言わずに側にいても、いつか千原さんに気づかれるのではないだろうか？

その時になって、だんだんと冷たくされることの方が怖かった。

それならば、最初に玉砕してしまった方がいいと思って決意したのだ。

だから、自分の用意していた答えは、『今までありがとうございました。本当に好きだってことだけわかってください』という別れの言葉だった。

なのに…。

「やっぱり千原さんだ…」

携帯をテーブルの上に置いて、両の拳を握る。

込み上げて来る喜びに身体が震える。

「…やっほーッ！」

宝クジに当たったような気分だ。

最高ではないけれど、もうこれだけで十分。

「やった、いいんだ。このままで。まだあの人と一緒に働けるんだ」

たとえこれからがどんなに辛くても、千原さんの側にいられる。それが許される。

そのことだけで、天にも昇る心地だった。

「やった…！」


なんて可愛らしく喜んでから一年とちょっと。

危険な季節を前に、俺は新しいスーツに袖を通した。

金がないから、スーツは就職の時に買った二着に、去年の冬、さすがに寒くて買った冬仕様のを一着の計三着しか持っていなかった。

もちろん、どれもツルシの安物。

だから、最初の二着のうち、気に入って着ていた方の一着の肘が、ツルツルになってしまったのだ。

客商売でみっともない、ということで、上司命令で新しいのを一着、昨日買った。濃いグレイのそれは、スペアのズボンも付いて一万円だった。

俺は身体が大きい方ではない、かと言って小さくもない、いわゆる標準サイズ。

洋服を買う時には一番いいサイズなので、直しもなく手に入れることができた。

それに身を包んで友人からもらった、細い姿見に自分の姿を映す。

染めてるわけじゃないが、明るい色の髪。これは大学入り立ての頃に肉体労働のアルバイトで炎天下にいたせいで焼けてしまったらしい。

顎《あご》は細い方だと思うし、女の子達にも受けは悪くない、目鼻立ちのはっきりした顔。

目がクリッとしてるところが馬みたいで可愛いと言われたことはあるが、全体的にはどこから見ても男の顔だ。

自分が女の子だったらとは言わないが、せめて女の子っぽい顔立ちだったらよかったのに、というのは贅沢《ぜいたく》だろうか？

バイトと学業の掛け持ちで作り上げた筋肉もしっかりしているし、女の子みたいに柔らかいところは一つもない。

爽《さわ》やかな好青年とは言われるけれど、そうなりたかったわけではないから気分は複雑だ。

いや、でも不細工ではなかったことには感謝しているし、千原さんの好みを知ってるわけではないので、取り敢えずは好青年で納得することにしよう。

「あ、いけね。もう時間だ」

朝食の残りで作ったお弁当を持って、慌《あわ》てて部屋を飛び出す。

駅まで走って五分、電車に乗って三十分、そこから歩いて十分で『レゾナンス』に到着する。

白い建物は自社ビルで、一階は喫茶店が入っているが、二階から上は全て『レゾナンス』のものだ。

二階、三階にはオフィスと来客用の応接室兼会議室、四階は資料室と役員室と経理が入っている。

俺の働く場所はもちろん二階だ。

アルバイトの時にはロッカーだけしか与えられていなかったが、今はちゃんとデスクが与えられている。

しかも場所は千原さんのデスクの隣だった。

バイトの時に彼に付いていたということで、新人研修の時から俺は千原さん付きで、配属の時にも彼の元へ送られたのだ。

「おはようございます」

オフィスへ入り声をかける。

「おはよう」

「おはようございます」

早めに入ってるから、まだまばらな人影。

挨拶《あいさつ》に返事をくれる人もくれない人もいる。

その中を通って自分のデスクへ行き、弁当を引き出しの一番下へポンと放り込み、パソコンの電源を入れる。

四月までは、朝イチでデスクを拭《ふ》くのとコーヒーを淹れるのが俺の仕事だった。だがそれも今は今年の新人がやってくれる。

はずなのだが、その新人はまだ姿が見えず、代わりに社内でも評判の美女である倉敷《くらしき》さんがコーヒーを配っていた。

「おはよう、花川くん」

俺より一つ年上の倉敷さんは、顔もいいけど性格もいい。性格はあっさりしていて、こういう雑務も進んでやってくれる。

小柄で、プロポーションもよく、肩よりちょっと長い髪を仕事の時には後ろでまとめているが、それもまた襟足《えりあし》が見えてコケティッシュと言われていた。

普通なら恋愛のアンテナはこういう女性に向くものなのだろう。

「おはようございます」

でも俺は彼女をそういう対象として意識していないから、平気で声がかけられる。

「花川くん、いつも早いよね」

彼女の方も、一つとはいえ年下の俺なんか弟扱いだろう。

「倉敷さんには負けますよ」

「私、下の喫茶店でモーニング食べるのが習慣なのよ。だからつい早く来ちゃって」

「モーニング、美味しいですか？」

「食べたことない？」

「はい」

「厚切りトースト、美味しいわよ。今度食べに行かない？」

「倉敷さんとですか？　他の連中に睨《にら》まれちゃいますよ」

「あら、どうして？」

「倉敷さん、モテてるって自覚あります？」

言うと、彼女は嬉しそうに笑った。

「だったらいいけどね。私、中身ががらっぱちだから。あ、『がらっぱち』って意味わかる？」

「粗野って意味ですよね？」

「そう。こういうところがオッサン臭いとも言われるのよ」

でもそういうところが親しみやすくて、女性にも敵が少ないのだろう。

「倉敷、俺にもコーヒー頼む」

そこへやって来たのが、千原さんだった。

彼女の頭を手にしたファイルでポコンと叩き、俺の隣に座る。

「千原さん、ナシナシですよね」

「ああ」

ナシナシ、というのは砂糖とミルクを入れるかどうかということだ。砂糖だけならアリナシ、ミルクだけはナシアリ、両方入れるのはアリアリとなる。

彼女はこのフロアの人間の好みは大抵覚えていた。

「花川、ロゴデザイン、取りに行ってきたか？」

「はい」

「見せてみろ」

俺はデザイナーから受け取ったクリアファイルを手に、椅子を寄せた。

微かに香るタバコの匂い。

喫煙室で一服してきた証拠だ。

「筆タッチということだったので、それを中心に書いてもらいました。ただ、もしかして気が変わるかも知れないということで、一点だけナールDっぽい軽いのも入ってます」

「どれ」

近づく彼の肩が自分に触れる。

それだけで胸はドキドキなのだが、この一年で俺もポーカーフェイスを学んだ。

「これ、軽すぎですよね?」

ファイルの中に入った企業ロゴのデザインを一つ一つ捲って見せる。

「どうですか?」

と反応を見るために横を向くと、そこに彼の横顔。

「そうだな…」

真剣な顔でファイルに落とす視線。

粗削りの彫像のようにはっきりとした凹凸のある顔は、ゴツゴツしているわけではないのに男性らしい。口元にうっすらと見える皺《しわ》は、歳のせいではなく彼がすぐに口をむっと曲げる癖《くせ》のせいだ。

笑うととても優しい顔になるのに、少し伏し目がちに無表情になると何か含みを持っているようで少し怖い。

「やっぱり筆だな。こいつは軽すぎる」

と一つだけ違うデザインのロゴを指の背で軽く叩く。

「テイストが違うのを入れるのはいいが、これはダメだ。こいつはクライアントに見せる必要はないな」

「抜いてしまいますか？」

「ああ。そうしろ」

「はい」

俺がファイルを引き取ると、まるでそれを待っていたかのように倉敷さんがコーヒーを入れたカップを差し出す。

「はい、どうぞ」

「ああ」

「それ、今のセレクトショップのロゴマークですか？」

彼女は俺の手元を覗《のぞ》くように尋ねた。

俺に言ったのか、千原さんに言ったのかわからないが、千原さんが返事をしないので俺が返事をする。

「そうです」

「何だかレストランのロゴみたい」

「このデザイナーさん、レストラン系の仕事が多いですから。…おかしいですか？」

「私の好みで決めるわけじゃないから、何とも。クライアントがこういうのがいいって言ったんでしょう？」

「ええ」

「じゃ、その人次第《しだい》じゃない？」

「本人がどんな好みでも、流行《はや》らんものを許可できるか。そうだな、倉敷の言う通り、ちょっと雰囲気が合わないな…。花川、それをもう一度貸せ」

千原さんは俺からファイルを受け取ると、キシッと音をさせて椅子に深く背をもたせながら再びパラパラと捲った。

「うーん…」

その様子を見て、倉敷さんが心配そうに訊く。

「私、悪いこと言ったかしら？」

「いえ、多分いいことだと思いますよ」

けれど俺にはわかっていた。

これはスイッチが入った時の千原さんだ。

普段もカッコイイ人だけれど、こうして真剣な顔をしている時は、もっとカッコイイのだ。

渋いっていうのはこういうことなんだと思わせる。

「花川、会議室行くぞ。来い」

難しい顔をしながら千原さんが立ち上がり、俺を呼んだ。

「はい」

またチェックか。

仕事としてはやり直しの可能性があるので、ちょっとガッカリだが、朝から二人きりはちょっと嬉しい。

「じゃ、コーヒーありがとうございます」

「ん、頑張ってね」

だが喜びは見せず、倉敷さんに手を振って先にオフィスを出て行く千原さんを追いかけた。

やり直しじゃないといいな。今回のデザイナーの吉田《よしだ》さん、やり直しをさせるとすぐに機嫌が悪くなるんだから。

「お前、ちゃんとコンセプトは伝えたのか？」

歩きながら、早速叱られる。

「はい。でもクライアントのイメージが二転三転したので…」

「そういうのを纏《まと》めるのが仕事だろう」

「千原さん、好きにさせろって言ったじゃないですか」

「口応えするようになったじゃないか」

会議室のドアを開け、振り向いた千原さんがジロッと睨んだ。

「少し強く行かないと。俺、千原さんに負けっぱなしですから」

「口ばっかり達者になって。昔はもっと可愛かったのにな」

「…すみません」

他意はない、とわかっていても好きな人からそう言われるとヘコんでしまう。

だがこちらのそういう変化にも聡《さと》いのが、千原さんだ。

「ま、まだ可愛いところは残ってるけどな」

からかいともつかないフォローを忘れない。

「ほら、比較するぞ。並べろ」

「はい」

千原さんがフォローの言葉をくれるのは、俺に『そういう気持ち』があって、彼の言葉に一喜一憂するとわかってるからだろう。

単なる部下ならば、そんな気遣いはいらないはずだ。

俺が彼を好きな理由が、その優しさだ。

優しいというと、何かしてくれる人だという人が多いだろうが、俺はそうじゃないと思う。

優しいというのは、相手のことを考えてくれるかどうか、だ。泣いてる子供にアメを与えて泣き止ませるのが優しさではなく、どうして泣いているのかと察したり、訊いてくれたりすることだと思う。

この人が男であっても、もし女だったとしても、そういうことを意識せずにやっているところが好きなのだ。そこは性別には関係ない。

人としての千原さんが好き。

…でもそれだけでもなかった。

俺はこの人がカッコイイ男だから好きなのだということももう自覚していた。

千原さんに好きだと告白してから、一年以上過ぎて、俺は少しずつ変化した。

そして俺達の関係もほんの少しだけ変わった…、と思ってるのは自分だけかも知れないけど、ゼロではないと思い込むことにしていた。

そういえば、最初の変化は丁度この会議室だったな。

企業ロゴのコピーを広げながら、俺は思い出していた。

初めて、彼に俺の気持ちが本当の恋愛なんだと認識してもらえた夜のことを…。

ほぼ一年前の夏。

やっぱり俺は千原さんと仕事をしていた。

夏限定のビアホールが冷夏の影響で営業不振が続き、テコ入れして欲しいという依頼があった時のことだった。

早急に手を打たなければならないということで、短期の仕事だったが、短い間に何とかしなくてはならないという体力的にキツイ仕事だった。

普通ならばそんな短期なものは受けないのだが、ビアホールの経営母体がウチの顧客でもあったので、無下にできなかったのだ。

資金も限度がある、大きな改装はできない。でもすぐにやらなくちゃならないということで、連日会社に泊まり込み状態で、内装とメニューのプラン作りに終始した。

会社に泊まり込みの三日目、俺は祖父ちゃんの墓参りがあるから、前々からその翌日には有給休暇を取っていた。

お盆にはまだ早いが、伯父さんの仕事の都合上、その日になっていたのだ。

だが、帰ろうとした時、一人一緒にやっていた小林《こばやし》さんが、地取りのリサーチ先から電話をかけてきた。

『大変です、店でボヤがあって、厨房《ちゆうぼう》の一部が使えなくなりました』

揚げ物の揚げカスを入れて置いた一斗缶から自然発火して、厨房の一部が焼けたというのだ。

幸い発見が早かったので、客を入れるフロア部分に支障はないが、フライヤーの一つは使用不能、修復工事を入れるにしても入れないにしても、スペースは潰《つぶ》れる。

これでメニューのメインから揚げ物を外さなくてはならず、作れる料理もぐっと減ってしまうだろう。

「花川、悪いが明日の有休、取り消してくれないか？」

と千原さんに言われた時、俺は悩んだ。

大切な祖父ちゃんの墓参りなのに、世話になっている伯父さんに『行けない』と言わなければならなくなるなんて。

だが悩んだのは一瞬だった。

これが自分の仕事だ。

しかも大好きな人に頼まれては嫌とも言えない。

「わかりました。断りの電話だけ入れてきます」

そうしてその夜も泊まり込みが決定した。

クライアントから派遣されたシェフ達とのメニュー作りが夜中までかかり、彼等が帰ってからはデザイナーに頼む時間も惜しいということで俺と千原さんでパソコンをいじりながら、取り敢えず明日っからのメニューだけは作ってしまおうとモニターと睨めっこ。

空腹に耐え兼ねて近くのコンビニで買って来た弁当を持って、会議室で食事をした。

「朝までには何とかなりそうですね」

「ホールの営業時間は午後四時からだからな、仮眠も取れるだろう。今日は済まなかったな、明日は休んでもいいぞ」

「いえ、もう…」

俺は箸で弁当をつついて苦笑いをした。

「墓参りだったんだろう？　だったら一日ぐらいずらしても平気だろう？」

「いえ、一人で行くわけじゃなかったので…」

「命日か？」

「いえ…。ただみんな集まるはずだったので」

「親戚の集まりってやつだな。まあ若い連中の一人や二人、いなくても気にしないさ」

「そうでもないですよ。伯父さんに電話したら『あんだけ祖父さんに世話になったのに』って怒られちゃいました」

この時、俺は千原さんが自分のことを何も知らないとは思っていなかった。

人事の人間ではないけれど、直接の自分の上司だし、大体のことは知っているだろう。アルバイトの時だって、履歴書は出していたし、そこに書かれた俺の本籍の住所がアパートの一室であることなどから、普通の家庭ではないことぐらいは察しているのではないかと、勝手に思っていた。もしそう思えないような言動が出ても、話しているうちに『ああ、そういえばそうだったな』と言われるものだと。

だから、質問には何一つ隠すこともなく答えていた。

もし千原さんが何も知らないとわかっていたら、続く会話の中身をもう少しごまかしていただろうに。

「何で伯父さんが怒るんだ？」

「伯父さんが明日しか空いてないからって言われてたので」

「お前の伯父さんってのは、ワンマンなのか？」

「いいえ、昔ながらのってところはありますけど、そんなには…。ただ伯父さんにしてみれば、一番世話になった人間が不在っていうのが許せなかったんでしょう」

「お前の親父は出るんだろう？　だったらそれでいいんじゃないのか？」

「父さんは出ませんよ。離婚してから会ってませんし、母方の祖父ちゃんですから」

「じゃ母親は？」

「相変わらず行方はわかりません」

「相変わらず？」

「ええ、小学校の時から」

「小学校の時に離婚したのか？　なのに父親に引き取られなかったのか？」

そこまで言葉を交わして、俺はやっと千原さんの反応が、事実を知っている人のものではないと気が付いた。

「えーと…。千原さん、俺のバイトの時の履歴書見ました？」

「見たと思うが…」

「覚えてはいないんですね」

「お前が入った時には自分の下に付くとは思っていなかったからな。先に言っておくが、入社の時の履歴書はどうせ同じ内容だと思ってたから見てない」

千原さんはきっぱりと言い切った。

「それがどうした？」

「いえ、そこに書かれた保護者の姓が俺のと違ってるので、大体のことを察してるかなと」

「保護者は誰だったんだ？」

「伯父さんです」

「だから伯父さんに頭が上がらないのか？」

「ええ、まあ。祖母の面倒見てくれてるのも伯父ですし」

「自分の母親の面倒を見るのは当たり前のことだろう。何でお前が感謝する必要がある？」

「ですから、母がいなくなったので祖父母が引き取って俺の面倒を見ててくれてたんです」

「そこがおかしいんだよな。何で母親がいなくなったのに、離婚した時父親がお前を引き取ってくれなかったんだ？」

ストレートな質問だ。

こういう大雑把に男っぽいところがこの人らしいところでもあるんだけれど。

「母の駆け落ちの相手が俺の小学校の担任だったので、父としては俺の関係者って感じたみたいで、俺の顔を見たくなかったみたいです。だから引き取りを拒否されちゃって…。それで祖父母のところにいたんですけど、祖父が亡くなってから祖母と二人暮らしでした。その祖母が倒れたので今は伯父さんが祖母を引き取って、俺はずっと一人暮らしです」

「一人暮らしは何時《いつ》から？」

「大学入学する時です。祖父母の家は俺が一人で住むには大きいので」

そこまで聞くと、彼は腕を組み、黙ってしまった。

大人だから、話しても大丈夫だと思ったけど、内容がヘビーだっただろうか？

学生時代、友人に『そういうの俺、重たすぎてわかんねえや』と言われたことを思い出した。

自分としては、泣いた日々もあったけれどわりと淡々と過ぎた日々だった。でも何事も起きなかった人にとってはとても重たい話に思えるのだろう。

「でもあの、俺、祖父母には大事にされましたし、大学までちゃんと出してもらってますし、伯父さんとは今も連絡は取ってるんで、普通の生活でしたよ」

慌ててフォローを入れる。

決して不幸ではなかったんですよ、と。

「何故《なぜ》伯父さんはお前を引き取ってくれなかったんだ？」

「それは伯父さんのところには三人も子供がいて、家の広さ的に無理だったので」

「つまり、お前は父親と小学校の先生と祖父さんと伯父さんを失くしたわけか」

「いえ、伯父さんも父親も祖母もちゃんと生きてますし、母親と先生もどこかで生きてると思いますけど?」

「亡くなった、じゃない。失ったという意味だ」

「え?」

「お前には、最後まで側にいてくれた男の保護者がいないんだな」

言われてみればそうかも知れない。

小さい頃の教師というのは保護者にも等しい。それを含めれば確かに俺には男親が不足しているのかも。

でもそれが何だというのだろう?

彼の意図は次の一言で理解できた。

「お前は、俺のことをそういう目で見てたのかも知れないな」

大好きな人の一言だけど、カチンと来る。

俺の死ぬ気の告白をそんなふうに受け取られたのか。今日まで、自分の恋心を表に出さないように細心の注意を払っていたのは、この人との間に気まずさを生まないためだった。

でもそういう態度を見せなかったから、俺の気持ちが恋ではないと思われていたのだ。

いいや、今まではそれなりに考えてくれていたのかも知れないけれど、今間違った答えを引き出されてしまったのだ。

しかも『見てた』と過去形にされている。

「もし、俺が父親の代わりに千原さんのことを好きになったと思ったんなら、それは間違いですからね」

それだけは嫌だった。

自分のことを好きではないと言われるのなら仕方ない。

でもこの気持ちを違うものだと言われるのは許せなかった。

「俺は千原さんのことを父親とか、それに似たものだなんて思ったことは一度だってありませんよ」

「無意識にそういう存在を求めていたのかも知れないぞ。年上の、頼れる存在が欲しいって」

俺が保護者と恋愛対象の違いに気づかないほど子供だと思ってるのか？

「俺のことをそういう対象として見れないというなら、そう言ってください。無理に自分の納得できる答えを俺に当てはめないで。俺の気持ちを無視しないでください」

「花川」

「俺は今だって、千原さんにキスしたいとか、そういうこと考えてるんですから」

「キスしたいのか？」

「…したいですよ。ただそういうことを言うと千原さんが引くと思うから言わないだけです。第一、俺に男親が足りないなんてことはないです。亡くなった祖父には愛されてた自覚もあります。

伯父だって、頼りになります」

　ムッとした態度を隠さずに言うと、千原さんは少し驚いた顔をした。

　俺がこんなふうに彼に語気荒くものを言うことなど殆《ほとん》どなかったせいだろう。

　だから、彼は一瞬の間が過ぎると気まずそうに頭をバリバリ掻いてから軽く頭を下げた。

「悪かった。失礼なことを言った」

「…いいえ。俺も、こういうことをすぐに信じてくれるとは思ってないですから。ただ今更そんなふうに言われて、ショックだったとは言っておきます」

　素直に『気にしてません』と言うべきなのだろうが、そうは言えなかった。

　事実、ショックだったのだから。

「それじゃ、明日のことは悪いことしたな」

　そのことに対しては、素直に答えられる。

「いいえ。大丈夫です。仕事なんですから」

「親戚の中で立場が悪くなったりしないのか?」

「こういう集まりに出られないっていうのは、初めてですから。伯父もそれなりの理由なんだって思ってくれると思います」

「だが怒られたんだろ?」

「前日に突然だからですよ。お中元も兼ねて、今度お菓子でも贈って謝ります」

「うーん…。じゃその菓子代、半分出してやろうか？」

「どうして千原さんが？」

「付き合わせて悪かったと思うからさ」

「だって、今回のことは千原さんの責任じゃないじゃないですか」

「だがそういう事情を知ってたら、別の者を頼むことだってできた」

「これは俺の仕事です。誰にでも代わりのできることかも知れませんけど、俺は自分が与えられた仕事を理由なく他の人に代わりたくありません」

「理由はあるだろう」

「だって、それはプライベートじゃないですか。それに、絶対どうしてもってわけじゃないし。いらないものみたいに言わないでください」

彼はふーっとタメ息をつくと、俺の頭を撫でた。

「そういう意味で言ったんじゃない。どうしてもお前でなけりゃならんことなら優先させるが、これはそれほどの仕事じゃない。お前にとって祖父さんは大切な人だったんだろう？　だったらその気持ちを優先させたかった。優先させられなくて済まなかったたって程度の意味だ」

「でも…」

「俺が、ただ詫《わ》びたかったんだ。知らなくて悪いことをしたって。だからお前がお詫びだって思うことなら何でもしてやる。伯父さんへの謝罪を半分出してもいいし、お前にメシでも酒でも奢ってもいい」

「そんなの、いりません。千原さんが悪いんじゃないですから」

「だから、それじゃ俺の気が済まないと言ってるだろ、頑固者め」

「頑固はそっちですよ。俺は気にしないって言ったんだから、それでいいじゃないですか」

どっちも意固地になっていたのだと思う。

千原さんは自分が不用意にぶつけた質問が俺の暗い過去を暴き、何も知らずに俺の立場を危うくしてしまったことを気にしていた。

俺はそんなことはどうでもいい。もうとっくに自分の気持ちを信じてくれてると思っていたことを、今更誤解だと言われて腹が立っていた。

「だからそれじゃ俺の気が済まないって言ってるんだ」

なので、どっちも自分の意見を折れることができない。

「じゃあ、キスでもしてくださいよ。そしたらチャラにします」

だから、叶えられないようなことを言えば、引き下がると思ってそれを口にした。

「…キス?」

思った通り、彼は驚き、勢いを失った。

負けっぱなしの相手を怯《ひる》ませたと思った俺は、調子に乗った。

「そうですよ。それもちゃんと口にするやつで。それなら受け取ります」

「キスか…」

「できないなら、これで終わりです。もうこの話は止めましょう」

「お前、ファーストキスは？　終わってるのか？」

「…どっちだっていいでしょう」

「まだなんだな？　じゃ、この程度だな」

　千原さんはそう言うと手を伸ばし、再び俺の頭を撫で…るのかと思ったらそのまましっかりと頭を抱えて俺を引き寄せた。

　え？

　と思ったのは一瞬。

　すぐに視界いっぱいに彼の顔が近づいたと思うと、唇に温かいものが触れた。

　軽いキスだ。

　唇と唇とが触れ合うだけの。

　それでも、俺にとっては想像もしてなかった出来事だった。

「まあ、一人でも墓参りには行って来るといい。明後日だったら、お前が欠けてもいいようにしておくから」

　離れた彼が何事もなかったかのように言う前で、俺はカーッと顔が熱くなるのを感じた。

「ち…、千原さん…！」

「何だ?」

俺の狼狽《ろうばい》を他所《よそ》に、千原さんはポケットからタバコを取り出し、席を立って窓辺に行くと、椅子を引っ張っていって窓を細く開けた。

「今のは…!」

「キス、して欲しかったんだろう?」

平然と言わないで欲しい。

「そうですけど…」

俺の気持ちを知ってるくせに。

いやっ、知ってるからしたのだ、この人は。

「お前と違って、俺はキスぐらいでまごつく歳じゃないからな。その程度でいいなら幾らだってしてやるさ。それとも、俺がキス一つでうろたえるような純情な男だとでも思ったか?」

「だって、俺は男ですよ?」

「男だからどうした? キスぐらい、男でも女でも差はないだろう」

負けてる…。

この人にとって、本当に今のキスは何でもないことなのだ。

俺にとっては人生の一大事だったのに。

「他の連中に言うなよ」

と言いながらタバコを咥え、火を点ける。

その『誰にも言うな』というのが、禁煙である会議室でタバコを吸おうとしていることに対してなのか、自分とキスしたことについてなのかは言わなかった。

だが、どっちにしたって言えるわけがない。

それがわかっていての口止めなのだ。

「千原さんはズルイ…」

と俺が文句を呟《つぶや》いても、気にもしてない。きっと『言いふらしますよ』と言っても、同じ反応だろう。

「何がズルイ？」

「…いいえ。別にもういいです。キスしてもらって得したと思うことにします。千原さんが思ってるより、俺はもっとしたたかですから」

「したたかねぇ」

煙を吐き出した唇がにやっと笑う。

「そうですよ。だからありがたく受け取りました。ああ、嬉しい」

「じゃ、今度からお前に何か頼む時にはキスと引き換えにするか」

からかわれてる自覚はあるが、怒れなかった。

「いいですね。じゃ、期待してます」

怒ったら怒ったで、またからかわれるだけだとわかっていたから、俺はそう答えて残りの弁当をかき込んだ。

クックッと笑う彼の声が耳に届いても顔も上げずに。


以来、俺と千原さんは五回、キスをした。

クリスマス残業と、年末出勤と、年始の出勤。新人研修の書類の手伝いをした時と、マシントラブルの修復で会社に泊まった時に。

クリスマスの時は、クリスマスプレゼントよりこっちがいいだろうと言われてキスされた。

年末年始は、もうすっかり俺がそれで動くと思われていて、最初から俺は出勤メンバーに組み込まれていた。

年が明けてからの二度は、本来なら千原さんが一人でやるところを、俺が純粋に手伝ったら御礼にキスで返されたのだ。

千原さんがいくら大人だとしても、嫌いな人間とはキスできないだろう。

だからキスしてもいいくらいには彼は自分を好きでいてくれる。

けれど唇を重ねるだけの簡単なキス以上に進まないのは、恋人に発展するほどは好きではない証拠。

友人以上恋人未満。

そんなありきたりな関係なのだ。

その間に、俺は色々知識も入れた。

男同士でナニをするのか、どうしたら相手が喜び、自分も気持ち良くなれるのか。

けれどどうしても、千原さん以外の人に気持ちは向かなかった。

こっそりとそういう人達が集まるという場所へも行ってみた。

だがどうしても、自分には肌が合わなかった。

出会ったばかりの相手とホテルへ行くなんてできなかったし、他の人とはキスしたいとも思わなかったので。

いつまでこんな状態が続くのかわからないけれど、わずかな期待を胸に、彼の側で働き続けるだけ。

彼に好きな人ができるか、俺が女の子に恋をするか、二人が恋人になれるか。そのいずれかの結末が訪れるまでは…。

そんなある日、俺は意外な人物から声をかけられた。

想定していなかった理由で。

「花川くん。今日、帰り暇?」

いつもコーヒーを淹れてくれる倉敷さんが、近くに誰もいない時にそっと俺に近づいて声をかけてきたのだ。

午後一番。

弁当組の俺は食堂代わりの会議室から戻って来たが、昼食に出た人間はまだ殆ど戻って来ていなかった。

千原さんの席も空っぽだ。

「俺ですか？」

「ちょっと相談に乗って欲しいことがあるの」

一瞬、彼女から恋の告白でもされるのかと思った。人に聞かれないようにそっと近づいて来たりするから。

だが、すぐにそれはないなと否定する。

相手は社内でもモテると評判の美人の倉敷さんなのだから、年下の俺ごときを相手にするわけがない。

「いいですよ。仕事のことですか？」

「ううん、ちょっとね。あ、絶対誰にも言わないでね」

「はい」

「会社の裏手にある『マロニエ』って喫茶店わかる？」

「はい」

「じゃ、そこで待ち合わせで」

それだけ言うと、彼女はそそくさと自分のデスクへ戻って行った。

やっぱり俺への告白はないな。

俺に恋愛感情を抱いていたら、あんな素っ気ない態度を取るはずがない。もっと恥じらったりするものだろう。

だとしたら、倉敷さんが俺に何の用なのだろう？

仕事でも手伝って欲しいのだろうか？

「何ボーッとしてる」

昼食から戻って来た千原さんに、軽く頭を叩かれる。

「別にボーッとなんかしてませんよ」

「午後からお配り用のアメニティのデザインチェックに行くぞ」

「わかってます。デジカメも用意してありますよ」

得意げにカメラを見せると、背後から倉敷さんが湯気の立つカップを差し出した。

「あら、でもコーヒーくらい飲んでいかれるでしょう？　はい、どうぞ」

「俺はいい。メシの時に飲んだから」

「じゃ、花川くんどうぞ」

渡されたカップを持って、まだ時間ありますか？　とちらっと千原さんを見る。

「待っててやるから、飲んでいいぞ」

「はい」

温かいカップを手にしながら、やはり倉敷さんは俺に気があるのかな、と思ってしまう。

だがそうではなかった。

午後、千原さんとデザイン事務所で今抱えているビジネスホテルのお配り用アメニティのデザインをチェックし、戻ってから検討会。

退社時間ギリギリまで通常業務をして、出て行こうとした時に電話がかかってきたから、それを終えてから約束の場所へ向かう。

会社の裏にある『マロニエ』という喫茶店は、打ち合わせなんかで使うこともあるから、就業時間中は会社の人間も多く見かけるが、退社時間後になると駅とは反対側に当たるそこを使う者は殆どいない。

俺が店に向かうと、少し閑散とした店内の一番奥で、彼女はもうアイスティーを飲んでいた。

会社ではアップにしている髪を肩まで下ろし、私服に着替えた彼女は化粧もアフターファイブ用に変え、いつにもまして美人だった。

「遅くなってすいません」

「ううん、電話受けてるの見てたから」

俺は彼女の前に座り、コーヒーを頼んだ。

ちょっと空腹は感じていたが、喫茶店で食事を取るのは高くつくので、ここは我慢だ。

「それで？　話って何ですか？」

「うーん…」

倉敷さんはストローでアイスティーの中の氷をカラカラと回した。

その様子に、何度か疑念を抱いた『告白』という言葉がまた頭に浮かぶ。

会社ではそれっぽいところはなかったが、私服のせいか何となく色っぽい雰囲気も出ている。

「実は、ちょっと協力して欲しいことがあるの」

「協力？」

…自意識過剰だったか。

「何です？　俺にできることなら何でも」

「ホント？」

パッと彼女の顔が輝くので、慌てて繰り返した。

「できること、ですよ」

「わかってるって。無理なことは頼まないわ」

彼女は店内を窺《うかが》い、見知りが誰もいないと確認してから顔を近づけてそっと囁《ささや》いた。

「実は…、私好きな人がいるの」

「俺じゃないですよね？」

ダメ押しで確認を取ると、彼女はクスッと笑った。

そんなわけないじゃないという顔だが、言葉ではフォローが入った。

「残念だけど、私、年下は対象外なの。それに、花川くんのこと好きって言ってる娘を知ってるしね」

それが誰だかは言わないので、真実とは言い難いが。

「よかった。俺も社内の男性に恨まれたくないですから」

「じゃ、お互いオトモダチってことで、相談に乗ってくれる？」

「はい、どうぞ。で、好きな人って誰です？　営業の奥寺《おくでら》さんですか？」

俺は社内ナンバーワンの結婚したい男の名前を口にした。

「ううん。奥寺さん、社外に彼女いるもの」

「そうなんですか？」

「内緒よ」

「じゃ、総務の堀井《ほりい》さん」

ちょっと歳は上だが、ちょい悪とかで人気がある人だ。

「堀井さん、バツイチじゃない」

「はあ」

「わかんないかなぁ。私が花川くんに相談してるのよ？」

「俺にって…。俺の同期じゃないですよね？　年下は対象外なんだから」

「もっと近くよ」

「近く？」

…嫌な予感がした。

言われた瞬間、『彼』の顔が浮かんだから。

「まさか…」

そのまさかだった。

倉敷さんは頬を染め、その人の名を口にしたのだ。

「そう。千原さん」

彼女の口からその名前が出た瞬間、俺は目の前が真っ暗になった。

千原さんは独身だし、顔だっていいし、何より自分が好きになったほどの人なのだから女性が目を付けないわけはない。

けれど少し粗野で、口が悪くておっかないところが、『カッコイイけど付き合うのはねぇ』と言われていたはずなのだ。

「何で、千原さんなんです？　倉敷さんほどの美人ならもっとカッコイイ人が…」

「あら、千原さんのアシに入ってる花川くんとは思えないセリフね」

彼女はプイッと唇を尖《とが》らせた。

「いや、だって…。女の人受けがよくないって噂を聞いていたので…」

「そうね。まあ、女子の間で彼を狙ってるのは私くらいだと、私も思ってたわ。でも、総務のお局様《つぼねさま》もその気があるらしいのよ」

「総務のって…、宇田川《うだがわ》さん？」

「そう。だからうかうかしてられなくて」

それはうかうかしてられない…。

しかもお局様ってことは結婚適齢期を過ぎて、本気モードだろうし。

「私さ、雨の日に駅の階段で盛大にすっころんで落ちたことがあるの」

「え？　倉敷さんが？」

「しかもハイヒールにスカートでよ」

「それは…。大変でしたね」

「回りの人は見てみないフリしたり、これみよがしに笑ったり、もう顔から火が出るほど恥ずかしかったわ」

それはそうだろう。

特に女性では。

「それで、ケガは？」

「ケガはなかったけど、もう立ち上がれなくって。そしたら千原さんがさっと駆け寄ってくれて、手を貸してくれたの」

何で突然そんな話をしたのかと思えば、そういうことか…。

「意外でしょう?」

「いいえ。千原さんならすると思いますよ」

まるで、自分だけが彼のいいところに気づいてるの、と言わんばかりの言い方に、俺だって知ってますよと対抗する。

子供じみてるとは思うけれど、そこは絶対『知りませんでした』とは言えない。俺だって、千原さんが優しい人だってことぐらいよーく知っているのだから。

「でもその後、私を喫茶店に連れてってくれて、ヒールの折れた靴だけ持って修理してきてくれたの。『倉敷はここでコーヒーでも飲んでろ』って言って」

これならどうよ、カッコイイでしょう、と畳み掛ける言葉。

まったく、あの人は、無駄に愛想を振り撒いて…。

しかもそれを愛想と思ってないところがまた相手の心をくすぐるのに。

「千原さんならしそうですね」

「…花川くん、千原さんのことよくわかってるのね」

「そりゃ、バイトの時からずっと側にいましたから」

「ああ、そうだったわね。でも、それならどうして私が花川くんに声をかけたかわかってくれるでしょう?」

「千原さんのこと、訊きたいんでしょう?」

彼女は首を横に振った。

「彼のことを調べるくらい、もうとっくにしてあるわ。誕生日から、好きな食べ物、卒業した学校、結婚歴」

「え? 千原さん、結婚してたんですか?」

思わず驚きの声を上げたが、彼女は即座に否定した。

「してないわよ。してたら困るからちゃんと調べるんじゃない」

「ああ、なるほど」

驚いた。

今独身なのはわかっていたけれど、もしかしてバツイチだったら…、いや、男の俺が今更困ることもないか。

あの人がこっちの人じゃないことは、結婚してようがしてまいがわかってることだし。

「行き付けの飲み屋まで調べてあるわよ」

「会社の近くの『源三』と、家の近くの『エターナル』でしょう? どっちも連れてってもらったことあります」

「…いいわねえ、男の人は。私も誘われたいわ」

倉敷さんはほうっとタメ息をついた。

男同士だって辛いことはいっぱいあるのに。

「確かに、そんなに色々知ってるんなら俺に声をかける必要はないみたいですね。でも、だとしたらどうして俺に？」

「それはもちろん、花川くんに協力して欲しいからよ」

「協力…？」

「そう。私、俄然本気モードなの。ライバルも出そうだし、ここはきっちり攻めておかないと。毎朝コーヒー配って歩いてるんじゃ埒《らち》が明かないわ」

…彼女がコーヒーを淹れてくれてたのは、千原さんのついでだったわけか。

それも知らないで、もしかして自分に気があるのでは、なんて。俺も間が抜けてる。

「お願いよ、花川くん。花川くんなら、私のことからかったり、他の人に喋《しゃべ》ったりしないと思うから、声をかけたの。私と千原さんの恋に協力して」

倉敷さんは両手を合わせ、祈るように頭を下げた。

実際何をして欲しいのかはわからないが、ここまで言われたら彼女に恋をしていなければ、男として首を縦に振るだろう。

だが俺は倉敷さんに恋はしていないが、千原さんには恋をしているのだ。到底協力なんてできるはずがない。

「お断りします」

「……え？」

「倉敷さんの気持ちはわかりましたけど、俺は協力できません」

「どうして？　あ…、ひょっとして花川くん、私のことを…」

「違いますよ！」

「そんなに力いっぱい否定しなくても…。じゃ、どうして？　もしかしてもう他の人に頼まれてるとか？」

「それも違います」

「だったらいいじゃない。ね、お願い」

「ダメです。このことで倉敷さんをからかったり、他の人に言い触らしたりはしませんけど、協力はしません」

「だからそれがどうしてなのよ？　まさかあなたまで千原さんが好きとか言うんじゃないでしょうね」

彼女にしてみれば、軽いジョークのつもりだったのだろう。

俺にだって、それが本気の質問ではないことぐらいわかっていた。

けれど、あまりに核心をついた一言だったので、一瞬返事が遅れてしまった。

「ま…、まさか、何で…」

笑ってごまかしたが、彼女の表情は変わっていた。

「花川くん…？」

その顔には疑いが浮かんでいる。

「ちょっと待って、あなた、本当に…」

女っていうのは、どうして妙なところにスルドイんだろう。

ごまかせればいいのに、俺もまた咄嗟《とっさ》に上手いウソがつけなかった。

「え？　何？　千原さんってそっちの人だったの？」

「違います、あの人はそんなんじゃありません」

「あの人『は』ってことは、あなたは？」

「う…」

鋭い突っ込みだ。

俺は覚悟を決めた。

ここで適当なことを言っては、千原さんに迷惑がかかる。彼は別に同性愛者ではないのに、そんな疑いをかけられては失礼だ。

「わかりました。はっきり言います。俺は倉敷さんの協力者にはなれません。何故なら、俺も千原さんが好きだからです」

彼女は美しい顔を崩して、ぽかんと口を開けた。

「でも、言っておきますが、千原さんはそっちの人じゃありません。全面的に俺の片想いです」

「…は…な川くんは、男性が好きな人なの…？」

「正直言うとよくわかりません…」

「わからないって…？」

「その…。恋愛するのは初めてなので…」

「え？　その歳で？」

その疑問はよくわかるから、俺はちょっと顔を赤らめた。

「いや、あの…。ガールフレンドはちゃんといましたよ。でも本格的な恋愛って言えるようなことはなくて…」

「ガールフレンド？　男の人じゃなくて？」

「はい」

「じゃ、バイなの？」

「バイっていうか…、千原さんが好きなんです。正直、自分でもおかしいなっていうのはわかってます。だから今までこのことを他人に言ったことはありません。だから、倉敷さんにも内緒にして欲しいんです。これは駆け引きっていうわけじゃないですけど、俺も倉敷さんのことは絶対に言いませんから」

彼女は黙ってじっと俺を見つめていた。

「気分を悪くしないで欲しいんだけど、それ、本当に恋愛？　だって、他の男の人にはときめかないんでしょう？」

俺は笑った。

彼女が口にしている言葉は、恐らく誰もが口にすることだろう。そして当の千原さんにも、言われた言葉だった。

普通はそう思うよな。

「上手く言えないんですけど…。多分倉敷さんと一緒です。あの人がカッコイイなあと思って、好きだなって思って、側にいると意識してドキドキする。倉敷さんだって、男なら誰にでもそうなるわけじゃないでしょう？　俺もあの人以外にはそうはならない。かと言って、女に生まれればよかったってわけでもないです」

「…複雑ね」

「はい、複雑です」

「女の人が裸でいても、気にならない？」

遠慮のない質問だが、悪意は感じなかった。

「それはなりますよ、男ですから。グラビアとか見れば可愛いなって思うし」

「でも千原さんなのね？」

「はい…。あ、でも望みがないのはわかってます。千原さんの名誉のためにもう一度言いますけど、あの人は俺のことなんか何とも思ってません」

「そんなの、わからないじゃない」

「わかってます。俺、好きだって言いましたから」

「言ったの？」

彼女はもう驚きを隠さなかった。

いや、さっきまでも隠していたわけじゃないんだけど、もっとあからさまに反応した。

「はい。でも態度は変わりませんでした。そういう人です、優しいんです」

キス一つで使われていることは、言わなかった。俺にだって常識はある。言っていいことと悪いことの区別くらいはついている。

それに、あれは数少ない俺と千原さんだけの秘密だ。

「倉敷さんは女性だから、いつか千原さんと恋愛できる可能性は大きいでしょう。でも俺はただ側にいるだけしかできないんです。だから、協力はできません。俺なんかが協力しなくたって倉敷さんならきっと千原さんと…」

と言いかけて言葉が詰まった。

そうだよな。

こんな美人が本気で好きだって言ったら、千原さんだってきっと嬉しいに違いない。

「花川くん、本気なのね…」

「俺だけが本気でも仕方ないでしょう?」

「それはそうだけど…」

彼女はまた黙ってしまった。

俺も他に言うことがなくて、コーヒーに手を伸ばす。

ちょっとぬるくなってしまったコーヒーは、彼女がいつも淹れてくれるものよりも味が薄かった。それとも、今の気分がそう思わせるだけなのか。

倉敷さんのアイスティーは殆ど空になっていた。

もう氷だけになっていたグラスを、細い指が摘《つ》まんだストローでカラカラとかき回す。

店内に流れるBGMはクラシックで、俺でも知ってるビバルディの四季だった。これ、中学の時に聴かされたなあ。

ぼんやりとそんなことを考えていると、彼女は決意した顔を上げた。

「わかったわ」

その目が真っすぐに俺を見つめている。

「倉敷さん?」

「花川くんが同性愛者っていうのは驚いたけど、だからどうってことはない話よね」

「はぁ…」

「だってそうでしょう？　誰が誰を好きになったって、そんなの自由だし、今時はオカマちゃんだって珍しい話じゃないし。性同一性障害っていうのもあるし」

「あの、俺は別に女の人になりたいわけじゃ…」

「わかってる。でも、そういう人もいるんだから、花川くんが俯《うつむ》く必要はないってことよ。花川くんはただ千原さんが好き。私と一緒ね」

「倉敷さん…」

「もちろん、あなたの気持ちは誰にも言わないわ。これから私と花川くんはライバルで同志よ」

「ど…、同志？」

「そうよ、どっちが千原さんの心をゲットできるか、戦いね」

彼女はにこっと笑うと、テーブル越しに手を差し出した。

「お互いフェアに行きましょう」

「あの…」

「ほら、握手」

宙に浮いたままの手を振って、握手を催促されるから、その手を握る。

淡いピンクのネイルが塗られた手は、白くて、細くて、柔らかかった。

「でも、俺、男なんですよ？　気持ち悪いとか、千原さんに近づかないでとか言うべきじゃないんですか？」

こっちが不安になって訊くと、もうすっかりいつもの顔で倉敷さんは微笑んだ。

「正直言うと、すっごく驚いたわ。花川くんって男っぽい人だから。でも別に女性になりたいわけじゃないって言うなら納得だし、花川くんが私を好きだって言うのと千原さんが好きだって言うことのどこに違いがあるのかって言えば、特にないでしょ？　子供が産めるとか産めないとかっていうなら、誰と誰が結婚したって産まれない可能性もある。じゃあ、子供が産めない身体の女性は結婚しちゃいけないのかっていうと、絶対にそんなことない。だから私もあなたも同じ。同じ人に恋する者として、仲良くしましょう」

黙っている間、そんなことを考えていたのか。

「…倉敷さん」

不覚にも、俺は泣きそうになった。

だって、千原さんを好きと自覚してから今まで、誰にもこの気持ちを相談することなんてできなかったのだ。

たとえライバルでも、性別が違っても、初めての相談相手。自分を理解してくれる人ができたのだ。

「ありがとうございます。俺、正々堂々と戦います。…俺の方が絶対不利だけど」

「あら、そんなことないわよ。男同士だから気兼ねなく一緒に飲みに行けるし、机は隣だし、羨《うらや》ましいのはこっちだわ」

「でも倉敷さんは女性ってだけで恋を意識してもらえるじゃないですか。俺なんて、便利な部下ですよ？」

言ってから、互いに目を合わせ、ふっと笑い出す。

「隣の芝は青いのよねぇ」

「ですね。これからよろしくお願いします」

「こっちこそ」

これが、俺と倉敷さんの共同戦線の締結だった。


元々倉敷さんはしっかりとした女性で、男勝りなところもあって話しやすい人だった。

だが共通の目的というか、秘密を持ってからは、まるで姉弟みたいに親密な関係を持つようになった。

「まあ基本的なことはお互いよくわかってるわよね？」

「あ、俺、出身校知りませんでした」

お互いフェアで行こうと決めてから、まず俺達はお互いの情報を交換することから始めた。

「そんなの、すぐわかるのに。学閥ってほどじゃないけど、経理の部長とか同じ大学だから、よくその話してるわよ」

「それ、女の人だからですよ。男は仕事で繋がりがない人とはそんなに話したりしません。しかも部長だなんて」

「そうねえ。私も経理の女の子達と一緒に飲みに誘われたから、そういう違いはあるかもね」

「で、どこ出身なんです？」

「意外にもお坊ちゃん校よ。A学院。中、高、大の一環校」

「へえ…」

会社帰り、誘われて行くのは会社からちょっと離れた喫茶店。

食事にしないのは、俺が金がないからで、酒にしないのは俺と倉敷さんが付き合ってるとあらぬ疑いをかけられないようにだ。

俺が仕事で見つけたこの店は、今時のカフェと違ってちょっと古いタイプの喫茶店で、四人掛けのボックス席がメイン。

昼間は近隣の会社員が打ち合わせなどに使うから賑《にぎ》わっているが、帰宅時間になるとみんな酒に流れるので客は少ない。

この間の店もそうだが、オフィス街にある店は大体そうなのかも。

それぞれの席もちょっと離れているので、会話を聞かれる心配もない。会社からは離れているので、見知りが来る心配もない。

安心して恋バナができるというわけだ。

「車の免許持ってるの知ってます？」

「もちろん」

「じゃ、バイクの免許は？」

「持ってるの？」

「はい。大型だそうです。大学の頃はよく乗ってたって」

「へぇ…、意外。じゃ、靴にこだわりがあるのは？」

「ずっと同じメーカーのなんですよね。名刺入れもこだわってるらしいですよ。入社以来ずっと同じのを使ってるんです」

まるでどっちが千原さんについての知識を持っているか、争うように手持ちの札を見せ合う。

彼のタバコ銘柄、ライターの柄、ネクタイの好み。

肉より魚派で、ネバネバした食べ物が嫌い。コーヒーはブラックだけど酸味系はあまり好きじゃなくて、苦いイタリアンローストを選ぶ。

甘いものは食べないけれど、羊羹《ようかん》を薄く切ったものだけは食べる。

休みには一人でふらりと旅行するのが好き。

知ってる方がより本気度が高いと思ってるかのように、話し続けた。

お互いに知らないこともあって楽しかったし、二人ともに知ってることになると『そうそう』

と手を叩いて喜ぶ。

　こういう会話のできる相手が見つかるとは思っていなかったので、本当に嬉しかった。

「そういえば、私がどうして千原さんを好きになったかは話したけど、まだ花川くんのは聞いてなかったわね」

　だが、基礎知識が一段落すると、思い出したように倉敷さんが言い出した。

「大した理由じゃないですよ？」

「いいから、私だけ知られてるのは不公平でしょ」

　そう言われると、自分が聞きたいと言ったわけではなかったのだが、断りづらくて、仕方なく口を開く。

「はあ。…俺、アルバイトで大学の時からずっとウチで働いてるんですけど、その時も千原さん付きだったんです」

　俺はその時のことを思い出しながら、過去を語った。

「初めて千原さんに紹介された時、おっかなそうな人だな、と思ってました。俺、兄弟はいないし、離婚して父もいないんです。伯父さんはいましたけどおっかない存在だったので、年上の男の人というものに対して一歩引いてしまうところがあったからかも知れません」

「ご両親、いらっしゃらないの？」

「はあ、母は再婚してしまったので、祖父母と暮らしてました。今は一人暮らしです」

両親の離婚程度なら、今時珍しくもないだろうから伝えたが、余計なことは言わなかった。

「それで、ちょっと距離を置いてたんですけど、ある時データの打ち込み頼まれて遅くまで会社に残ってた時、パソコンに突っ伏して寝ちゃったんです。丁度、前日がレポートの提出日で徹夜してたものですから」

「ああ、あるある。私、学生時代一度ご飯に突っ伏して寝たことあるわ」

「それ、俺もしました。で、ハッと目が覚めたら側で千原さんがコーヒー飲んでて、俺が起きるの黙って待っててくれたんです。その横顔がカッコイイなぁって。暫《しばら》く声かけるの忘れて見とれちゃいました」

「それで？」

「それだけです」

彼女は疑うような眼差しを向けた。

「それだけで？」

「意識したのはそれだけですよ。顔見てるだけでドキドキして、何でだろうって思った程度でした。あとはそこから意識してるうちに段々と、です。日常生活の中で傾いてくってこと、あるでしょう？」

「まあねえ…」

「恋はタイミングです」

本当はそれだけではなかった。

意識したのは確かにその時だが、恋だと自覚したのはその数時間後だった。

けれどそれは、相手が倉敷さんでも言えなかった。だって、もっと露骨だったから。

「そうなのよねえ、タイミングなのよ。私だって、あの時コケなかったら、千原さんなんて上司の一人だったと思うもの」

「顔じゃないんですか？」

「顔は好みだけど、千原さんってジロッと睨むとおっかないじゃない。あの人の良さは近くに行って、仕事と別の顔が見れてこそよ」

「俺は仕事してる顔も好きですけど？」

「あら、私だって好きよ。でも、花川くんだっておっかないと思ってたって言ったじゃない」

「はあ、最初はビクビクしてました」

「でしょ？　そういうことよ。そうだ、それより、今日千原さんとトンカツのお店の話、してたでしょう」

「はい」

「あの千原さんが美味しいって言ってたけど、何が違うの？」

「ああ、なんか薄切りのお肉を固めて揚げてて、四角いトンカツだったんです。千原さん、好きで時々行くみたいですよ」

「そこどこ？　教えて、行きたい」

「いいですよ」

話題が俺の恋のきっかけから離れたので、ほっと胸を撫で下ろしながらメモに言われた店の地図を書き始めた。

やっぱり『あの時のこと』は女性には言いにくいよなあ、と思いながら。


クライアントの趣旨変更で、データを一から入れ直すという面倒な作業をさせられた俺は、バイト用の、フロア隅のデスクでキーボードを叩いていた。

だが、倉敷さんに言ったように前日レポートで徹夜していたせいで、だんだんと画面が暗くなり、気が付けばキーボードに突っ伏したまま寝入ってしまった。

小さな物音を聞いた気がして目が覚めた時には、オフィスは暗く、俺がいる列だけを残して明かりが消えていた。

窓からの光と、天井からの光。

それに照らされて浮かぶ、千原さんの疲れた横顔。

大人の男の人の、真剣な横顔がカッコイイと思ったのはその時が初めてだった。

千原さんのことを、顔のいい人だとは思っていた。けれど美男子タイプというより、厳しい中にも優しさのある整った顔だと思っていた。

だが今目の前にいる人の顔は、絵のような雰囲気というか、空気感のある顔だった。

端正な横顔、というのはこういうのを言うのかも。いつまでもいつまでも見ていたくなるような、止まった時間だった。

見ているうちに、胸がドキドキしてくる。

彼が、手の届くところにいるというのが不思議なほど、そこに一つの世界がある気がした。

だが自分の頭がどこに乗ってるかを思い出したから、慌てて身体を起こした。

「起きたか」

当たり前ながら、それで気づかれてずっと眺《なが》めていたかった風景は終わり。手の届かないような世界も消え、日常に戻された。

「すみません、寝てしまって…」

「かまわんさ。少しは頭、すっきりしたか？」

「あ、はい」

起こしてもよかったのに、寝かせてくれたんだ。

「さあ、終電にはまだ時間がある。働いてもらおうか。仮眠をとったんだから、ミスするなよ」

優しい人、と思ったがそう言われてガッカリした。

寝かせてくれていたのは、単なる優しさだけじゃなく、眠いところを起こしてやらせてミスがあっては困るから、ひとまず寝かせておいてから、起こして朝までかかってもやらせようという理由だった。

なので、そこからはずっと俺と千原さんはキーボードを叩き通し。まず寝入った時に打った何がなんだかわからないものを修正してから、データを打ち込み続けて、やっと終わったのは夜明けの三時過ぎだった。

まだ始発も動いていない頃。

お腹も空いていた。

「メシでも食いに行くか。奢ってやるから付いて来い」

そういって千原さんが連れて行ってくれたのは、近くのビジネスサウナだった。

俺はこういうところは初めてで、近所の銭湯くらいしか行ったことがなかったので、そこにどういう人達が来るのかも、知らなかった。

終電を逃したサラリーマンや、朝一番の仕事の前に風呂を使いに来た人以外に、ここで相手を探すゲイの方々がいるなんて、当時は全く知らなかった。

だから、呑気《のんき》に初めて見る千原さんの引き締まった身体に見とれてたりしていた。

「すごいですね、スポーツやってたんですか?」

千原さんには、仕事のできる人としての憧れは感じていたが、その身体はもっと別の、生身の人間としての憧れを引き出した。

「そうか？　若い頃には陸上をやってたし、あまり太る体質じゃないからな。お前も結構筋肉付いてるじゃないか」

「俺のはバイト筋肉です」

だからそのことから少し緊張し、周囲に注意をはらうこともせず、そんな話をしていた。

檜《ひのき》風呂とサウナとミストサウナとジャグジー。

たくさんの種類の風呂に驚き。

どれに入るのも面白くて、楽しくて、のぼせないように気を付けろよと笑われてしまった。

そんな中、千原さんから離れて、もう一度一人でサウナに入った時、事件は起きた。

サウナの箱の中、一番下に座ってぼーっとしている俺の隣に、一人の男性が座ったのだ。

歳の頃なら三十前後、千原さんと同じくらいで、サラリーマンというより水商売っぽい華やかさのある人だった。

やたら近くに座るな、と思っていると、その人は肩をくっつけて来た。場所はサウナだから、もちろんお互いタオル一枚腰に置いただけの裸なので、触れるのは肌と肌だ。

変な人だな、と思っていると、男は声をかけてきた。

「暑いねぇ」

「ですね」

サウナなんだから当然だろうと思いつつ対応する。

「君、もう帰るだけ？」

「はあ…」

「幾つ？」

「二十一です」

子供の頃、年寄りと銭湯へ行くと、この手の質問をよくされていた。相手は年配の人ばかりだったけど、この人もそういう類《たぐい》かと思っていた。

どこにでも懐っこい人はいるものだ。

だが男は更に続けた。

「ねえ、この後暇かい？」

「え？　…いいえ、帰るんで」

「俺んとこで休んでかない？」

「あなたのとこですか？」

見ず知らずの人なのに？

「ゆっくり楽しませて上げられるよ」

「いいえ、結構です」

「そう言わないで。ね？」

男はそう言って俺の手を握った。瞬間、全身に鳥肌が立つ。

何だこの人、と思った時、扉を開けて千原さんが現れた。

「花川、そろそろ出るぞ」

その視線が、俺の手に落ちる。

俺は助けを求める目で彼に訴えた。

すると千原さんは中まで入って来て男の手から俺の手を奪い返し、俺を胸に抱き寄せながらガンをくれた。

といっても俺はまだ座ったままだったので、抱き寄せられた顔は彼の腹の辺りに押し付けられる格好になる。

「悪いな、これは俺のだ」

全裸のままだったので、視線を下げると千原さんのモノが見えてしまう位置。いや、見えなくとも鎖骨の辺りに彼を感じてしまう。

そのせいか、たった今男に手を握られた時には鳥肌が立ったのに、千原さんに抱かれていると身体が熱くなってきてしまった。

「何だ、ツレがいたのか」

男は残念そうに言った。

「すまんな、他を当たってくれ」

「どういたしまして」

「ほら、来い」

「は…、はい」

肩に手を回されたまま、立たされ、サウナから連れ出される。

サウナから出ても、千原さんの手は俺の腰に回っていた。それを指摘すべきかどうか悩んでいると、千原さんの叱責が飛んだ。

「応える気がないなら、ああいう時はちゃんと断れ」

「応えるって…」

脱衣所に入ると、腰の手が離れる。

それが少し寂しいと感じる。

「ナンパだ」

「ナンパ？　男ですよ？」

「…気づいてなかったのか？」

「は？」

「何か言われただろう」

「この後暇かって…、うちに来ないかって」

それを聞くと、千原さんはタメ息をついた。

「それでも気づかなかったのか、あれはホモだ。お前はナンパされてたんだよ」

「え？　…ええっ？」

思わず声を上げた俺の胸を、千原さんの手が黙れと軽く叩く。

「俺も気を付けてやればよかったな。サウナってのは、そういう連中が多いんだ。まさかホモセクシャルって存在も知らないとか言うなよ」

「いえ、それは知ってます。でも何でサウナ…」

「さあな。裸だからだろう。モノを見定めるのに楽だからじゃないか」

「モノって…」

「覗かれなかったか？」

と言いつつ千原さんの視線が俺の股間に向かうので、慌てて持っていたタオルでそこを隠した。いくら相手が知り合いとはいえ、こんな間近で見つめられたい場所じゃない。

「いえ、タオル置いてたので…」

「まあいい。今度声をかけられたら、その気がないとハッキリ言うか、決まったパートナーがいるとキッパリ断れよ」

「パートナーってことは、俺もホモだって言うんですか？」

「嫌ならノンケだってはっきり言うんだな」

「…はい」

男が男をナンパ…。

しかもそのものズバリを見定めて。

カルチャーショックだった。

…ってことは、千原さんが『これは俺のだ』と言ったってことは、俺が千原さんの恋人だと宣言したってことか？

俺と千原さんが恋人…。

「風呂に浸かって腹も減っただろう。メシ食って帰るぞ。さっさと服を着ろ」

「あ、はい」

男同士でも恋愛は成立する。

ではさっき彼の横顔に胸をときめかせたのは…。

服を着ながら、ちらりと千原さんに目をやる。

肉の少ない、無駄が削ぎ落とされた引き締まった身体はすぐに服に覆われたが、その姿にまた胸が騒いだ。

自分はさっき、あの人の肌に顔を密着させていたのだ。

そう思うと、身体が熱くなる気がして、慌てて自分も服を身につけた。

「食事、どこで食べますか？」

「そうだな、さっきの男に付きまとわれても困るから、社まで戻って近くの喫茶店のモーニングか、駅前の牛丼屋で朝メニューだな。それでいいな？」

「はい」

「ま、俺の奢りなんてその程度だ」

服を身につけてから振り向いて笑った千原さんを見ると、心臓の鼓動が速まった。

恋…。

千原さんと恋愛…。

今思うと、我ながら単純だと思う。

世の中にホモというものがあると知って、彼の裸を見て、肌の熱さを感じた瞬間に恋を意識するなんて。

だが、それまでも千原さんに対して抱いていた好意の答えが出たような気もした。

友人ではなく、保護者でもない。それでも好きで、目が離せなくて、どんなに強く言われても嫌いになれず、呼ばれると嬉しい。

そんな気持ちを恋というのかも知れないと。

だがまだその時は、服を着終わった瞬間に笑い飛ばした。

ばかばかしい。そういう人間が目の前に現れたからって、自分をそれに当てはめる必要なんかないだろう。

「俺、このまま大学に行くんで、米のメシがいいです」

「じゃ、牛丼屋に行くか」

「はい」

けれど一度芽生えた意識はその後も消えることはなかった。

ふとした瞬間に、彼に目を止め、彼の手が触れることを意識する。

姿が見えなくなれば捜し、声が聞こえると振り向く。

大学にも女の子はいた。ガールフレンドだっていた。テレビや雑誌の中には魅力的な笑顔と肉体の女性達もいたし、それに反応もした。

けれど、何時迄経っても、俺には彼の美しい身体と、顔を寄せた肌の湿った熱さが忘れられなかった。

彼が、仕事の先輩ではなく、心を騒がせる男性になってゆく。

こんな気持ちのまま側にいたら、きっといつか変なことを言い出す。

言ってから嫌われて、それでも逃げられなくて辛い時間を過ごすくらいなら、玉砕してすっきりしたい。

そう思ってあの電話を掛けたのだ。

何カ月も悩んで、悩んで、悩み続けて。

サウナでホモにナンパされて、千原さんの裸を見て、肌を感じたら恋を意識しました。

…とは、やっぱり女性には言えないだろう。

だから、これは誰にも言えない、自分の恥ずかしい過去として記憶の奥にしまいこむことに決めていた。

これからも、ずっと…。


「花川、お前倉敷と付き合ってるのか？」

いつかは訊かれると思っていた言葉を投げかけられ、俺は苦笑した。

倉敷さんと共同戦線を結んでから一カ月。

その間何度も彼女と情報交換会をし、せがまれて千原さんと出掛けた店を案内させられていたのだ、誰にも知られずに、とはいかなかっただろう。

もちろん、自分達もそれは想定していたので、慌てもしなかった。

「付き合ってるってわけじゃないですけど、よく出掛けますよ」

「年下なのに、よく相手にしてもらえたな」

少し羨ましそうに言うから、声をかけた小倉《おぐら》さんはもしかしたら倉敷さんに気があるのかも知れない。

彼女も、この小倉さんに気を移してくれればいいのに。

小倉さんだって独身で、顔もいいし、仕事もできる人なんだから。

「年下だから、範疇《はんちゅう》外みたいです」

「範疇外？」

「彼女、子供の頃に犬飼ってたらしいんですけど、その犬に似てるって言われました」

それは事実だった。

何度目かの情報交換会の時、俺の顔をじっと見つめた彼女が言ったのだ。

あなたコロに似てるわ、と。

コロというのが彼女の飼い犬だったらしい。

「犬？」

「はい。なんでも、大きくなったんで、飼いきれないっていって、親御さんが人にあげちゃったらしいんです。だからずっと忘れられなかったけど、その犬に似てるって。多分、その犬にしてやれなかったことを俺にしてるんじゃないですか？」

「犬か、犬ねぇ…」

小倉さんの顔に笑みが浮かんだ。

「そういえば、花川ってちょっと犬っぽいですよねぇ、千原さん」

同意を求めるように小倉さんが千原さんに声をかける。

「そうだな、躾《しつけ》のいい犬だな」

パソコンのモニターから目を離さず、答えが返ってきた。

だがそれだけだ。

会話に加わるつもりはないらしい。

「お前は、どうなんだ？　倉敷さん、いいと思ってるんだろ？」

小倉さんにもそれが伝わったのか、彼の視線はまた俺に戻った。

「美人だとは思ってますよ。気のつく人ですし。でも俺にとってはお姉さんみたいな感じかなあ。俺、姉さんっていないんですけど、いたらあんな人かなって」

これは本当。

話してみてわかったのだが、倉敷さんはしっかりとした人だった。

母一人子一人で、母親がおっとりとした人だったというから、きっと彼女がしっかりするしかなかったのだろう。

「でも向こうにその気があったら、イケるんじゃないか？」

「倉敷さん、年上好みだそうです。優しくて、仕事ができて、年上の頼りがいのある人が好みって言ってました。小倉さんなら対象になるでしょうけど、俺は色々無理ですね」

その相手はもう千原さんに決まっているのだが、小倉さんを喜ばせるために、彼女の気持ちを隠すためにそう言う。

いや。そんな奇麗事じゃなく、千原さんの名前を出して、千原さんにその気になられたら困るからだ。

「年下って言ったって、一つだろ？」

「俺、子供っぽいみたいです」

「ああ、そりゃあな」

「だから、俺は彼女にとって、犬か弟ってことですね。俺にすればお姉ちゃんって感じだから、色恋の話にはならないですよ」

「でも倉敷は…」

と小倉さんが何か言いかけた時、彼の背後から倉敷さんが近づいてきた。

トレーに千原さんのコーヒーと、ついでに俺のを載せて。

「私が何ですか？　はい、コーヒーどうぞ」

前から俺の方を先にしてコーヒーを配るのだが、それは直接千原さんに行くとガツガツしてるみたいだから、俺をクッションにしていることも、今は知っている。

「花川にだけ？」

「千原さんのもありますし、小倉さんのもこっちに持ってきますか？」

「いや、俺のはデスクに持ってきてくれ」

「小倉さん、アリアリですよね？」

これも千原さんのを覚えていたいから、そのカモフラージュのためにこのフロア全員のミルクと砂糖の好みも覚えてるのだ。

「今日はミルク抜きでいいや」

「はい。じゃ、後で」

「今言ってたんだけど、倉敷、花川のこと犬みたいって言ったんだって？」

頭のいい彼女はその一言で、出ていた話題に気づいたらしい。

一瞬、俺にだけわかるような目配せがされる。

「そうなんですよ。思いません？　何か花川くんって柴犬みたいって」

「柴犬？」

「成犬になると立派なんだけど、目が幼くて。いつも主人に呼ばれるのを待ってるんですよね」

「ああ、かもな」

「女一人で入れないようなところに行く時、いい番犬になるんですよ」

「番犬？」

「一応男ですから」

「…倉敷さん、一応は酷いです」

「あら、ごめんなさい。でも私と花川くんじゃ色気も何にもないものねぇ」

「ですね」

そこにはすぐに同意を示した。

すぐそこに二人の目的の人物がいたので。

「はい、千原さん」

そして彼女はすかさず千原さんにコーヒーを差し出した。

「ああ、ありがとう」

今までの俺もだけど、どうしてみんなわかんないかな。カップを差し出す彼女の顔に浮かんだあの笑顔。

「そういえば千原さん、お蕎麦《そば》好きだそうですね」

それは俺が教えた情報だ。

「ん？　ああ」

「ユズ蕎麦って知ってます？　ユズが練り込んである蕎麦」

「一度食ったことがあるな」

「私もこの間食べたんですよ。そこ、毎月変わり蕎麦っていうのがあって、シソとかゴマとか、夏には夏ミカンなんかの蕎麦も作るんですって」

「ほう…」

モニターを見たままだった千原さんの顔が、興味を持って振り返る。

「今度一緒に行きません？」

「蕎麦いいですよね。小倉さん」

倉敷さんは好きだし、彼女の真摯《しんし》な恋愛態度は尊敬に値する。

でも彼女のアプローチを黙って見ていられるほど聖人ではないので、すかさず口を挟んだ。

「ああ、いいな。それどこにあるんだ、倉敷?」

倉敷さんに気がありそうだと思っていた小倉さんは、すぐに食いついてきた。

途端に彼女の目が『邪魔したわね』とキツくなるが、負けてはいられなかった。俺の目の前で誘った倉敷さんが不用意なのだ。

「今度みんなで一緒に行きましょうか?」

「いいね。じゃ、倉敷が幹事な」

「え?」

「いいですよね、千原さん」

「ああ。時間が合えばな」

悩んでる、悩んでる。

千原さんが一緒に行ってもいいと言ってくれたけど、コブが付いてくる上、自分が幹事になる面倒を引き受けることになるなんて、と。

だが彼女はすぐに笑顔を浮かべた。

「わかりました。じゃ、後で調整しますから、みんなで行きましょう」

…逞しい。

「それじゃ、後で」

「あ、俺も戻るから一緒に行くよ。コーヒー頼む」

「はーい」

にこにこしながら去って行く倉敷さんを見送りながら、きっと今度二人になった時、文句を言われるだろうなと予感していた。

「お前は行ったのか？　その蕎麦屋」

千原さんは倉敷さんの淹れたコーヒーを手に、俺に声をかけた。

「いえ、初めて聞きました」

「お前も蕎麦、好きだったな」

「はい。年寄りとの生活が長かったですから。そういえばこの間連れてってもらった蕎麦屋、美味しかったです。今度また連れてってくださいよ。俺、あそこの壁に貼ってあった『青首大根蕎麦』っていうの、食べてみたかったんです」

「辛いぞ」

「って言われたから、興味あったんです」

「いいだろう、また近くに行ったら連れてってやるよ。だがその前に、今日は夕方からクライアントのところに出るから、仕事片付けとけよ」

「はい」

倉敷さんの言う通り、男だからいいということもある。

わざわざコーヒー淹れて、理由を探られないようにお店を探してからでなければ二人きりの食事に誘えない倉敷さんと違って、俺ならばご飯食べましょうよの一言で済むのだから。

そう思うと、今の自分の行動は申し訳なくも思うのだが、やっぱり俺の目の前で誘った彼女が悪い。

俺が邪魔するのはわかってるのだから、知らないところで誘えばよかったのだ。

それとも、フェアにするつもりで俺にも聞かせたのだろうか？　だとしたらさっきの態度は悪かったかな…。

「花川」

千原さんに呼ばれて、はっと意識を戻す。

いけない、仕事中だった。

「ぼーっとするな」

「はい」

「倉敷も蕎麦が好きとは知らなかったな」

「はあ、俺もです」

倉敷さんにあまり興味を持たないで欲しいんだけど、彼女が報われるのも嬉しい。複雑な気持ちだ。

「仲がいいんだろう?」

「小倉さんにも言いましたけど、仲がいいっていっても弟扱いですから」

「だからヘコんでるのか?」

「ヘコむ?」

「ぼーっとしてただろ。ペット扱いされてヘコんでたんじゃないのか?」

「別に倉敷さんにペット扱いされても、ヘコんだりしませんよ?」

俺の気持ちがわかってるのだから、誤解してるわけではないだろうが、そう言われてしまうことにちょっとヘコむ。

「だったら、もうちょっとしゃんとしてろ。今回のクライアントは面倒だからな」

「今度はどんな会社ですか?」

「いや、店だ。また飲食店だ」

「飲食店ですか…」

「料理の腕と金はあるんだが、センスがないらしい。ほら、これに目を通しておけ」

そう言って渡されたのは、手書きのメモだった。

メモとはいえ、大きな紙に何枚もびっしりと文字が書き記してある。

「うわぁ、これは大変ですね…」

その内容に目を落として、俺は思わず声を漏らした。

それはクライアントからの要望書だった。

色は白と茶を基調にし、北欧風にして欲しい。キッチンの広さはフロアの半分以上にする。半分はオープンキッチンにし、キッチン内にもテーブル席を一つ作る。手持ちの家具を幾つか使いたいので、新しく揃える調度品とデザインを揃えて欲しい。等々、事細かく記されていた。

「そしてこれだ」

追加で渡されたのは、クライアントの持ち込み家具や、こういうのが好きという食器や他の店の写真だった。

こっちはきちんとしたアルバムに二冊。

「どんな人なんです？」

「ええとこのボンボンだ。親が会社を三つも持ってる。本人はアメリカに料理の修業に行ってきたと息巻いてるらしい」

「アメリカですか？　料理の修業にアメリカってあんまり聞きませんね？」

「とにかく海外に出したかったんだろ。取り敢えず、今度料理の試食もさせてもらう。…そうだな、その時倉敷も誘うか？」

「え…？」

「料理系は女がいた方がいいからな。おい、倉敷」

千原さんが呼ぶと、隣の列のデスクに座っていた倉敷さんがすぐに飛んできた。

「はい、何でしょう?」

「今忙しいか?」

「いえ、特には…。ブティックのリフォームだけですから」

「だったら、今度料理の試食の時に一緒に来てくれないか? クライアントのメシ食うだけなんだが」

「いいですよ。タダメシですね、嬉しい」

彼女が嬉しいのは、タダメシじゃなくて千原さんに誘われたからだ。

「何時ですか?」

「まだ決まってないんだ。決まったら連絡する」

「あ、じゃあ携帯の番号お教えします。もしかしたら外出てる時もあるかも知れませんから。夜遅かったらメールでもいいですよ」

…自然な流れで携帯番号とメルアド交換か。

「蕎麦の時も連絡するよ」

う…。

「はい。あ、ちらっと聞いたんですけど、トンカツの美味しいお店、知ってらっしゃるんでしょう? 今度私も連れてってくださいな」

「花川と一緒に行かなかったのか? こいつから聞いたんだろ?」

「花川くん、お金がもったいないからって」

「こいつは貧乏だからな」

「仕事で使えそうな店をリサーチしてるんで、色々行ってみたいんです」

「まあいいだろう。今度連れてってやる」

ええ…っ。

「わあ、嬉しい。あ、ワリカンでもOKですよ」

「奢ってやるよ、付き合わせる礼に」

顔には出さないけど、倉敷さんの心が躍ってるのが、手に取るようにわかった。羨ましい。

ずるい…って言っちゃいけないけど、ずるい。

今度ばかりは『俺も連れてってください』とは言えなかった。彼女に仕事を手伝ってもらう礼としてお誘いだから。

その視線に、気づかれてしまった。

「そう恨みがましい目で見るな。トンカツくらいなら二人に奢っても大丈夫だから、お前も連れてってやる」

見当違いなことを言う千原さんに、どう答えていいか迷ってしまう。今度は彼女の邪魔はしたくないと思ったばかりなのに、誘われると嬉しいから。

「肉、貴重ですから魅力的ですけど、いいんですか?」

「今更何を遠慮してる」

「だって奢りでしょう?　遠慮くらいしますよ」

「珍しい」

彼は口元だけで笑った。

だがその最中も彼の手は動いて仕事をしていた。

「お前は気にせず俺に甘えてろ。まだガキなんだから」

面はゆい言葉とガッカリな言葉が半分半分。

これが自分と彼との関係か。

倉敷さんも、千原さんも俺の想いを知っている。俺は倉敷さんの想いを知っている。けれど千原さんの気持ちだけ、誰もわからない。

これも三角関係と言うのだろうか。

「お前は倉敷のメルアドとか知ってるのか?」

「あ、はい」

「そうか。じゃ、何かあったら連絡を頼むかもな」

「はい」

きっと倉敷さんも同じ気持ちなんだろうな、と思って彼女を見ると、その視線はたった今アドレスを交換した携帯電話に向けられていた。

その小さな喜びを自分も知っていたから、黙ってただ彼女の横顔を見ていた。

よかったねとも、そんなの自分はとっくに知ってるとも言わずに。


恋愛は恋愛、仕事は仕事。

だが一つ何かが崩れると、関係ないはずのものまで崩れてゆく。

家の中の電化製品が一つ壊れると、連鎖的に他のものまで壊れるみたいに。

恋愛が上手くいかず、人間関係も複雑になってしまったように、今度の仕事はとても面倒臭いものになった。

クライアントの山本《やまもと》さんがとても面倒臭い人だったからだ。

年齢は四十過ぎ。

俺よりも千原さんよりも年上で、若い者に頼りたくなるほど年寄りではない。

金銭的には裕福で、金遣いも派手そう。自分の趣味がよくて、金払いがいいことは美徳だと思っているタイプだ。

仕事の内容は、彼が作る新しいレストランの設計とメニュー作りと、備品を揃えること等、開店準備一式。

そういう仕事は珍しくないのだが、そこに一々文句を付けて来る客は、俺は初めてだった。

「悪くはないんだけど、牧歌的すぎないか?」

「まああいいけどシャープじゃないね」

「これはちょっと現代的すぎるだろう」

彼の目指しているものが何なのかわからない。

店の設計は設計士に、メニューはフードコーディネーターに、内装はインテリアデザイナーに、店のロゴはグラフィックデザイナーに頼む。

俺達の…、というか千原さんの仕事はそれを全部纏めて一つの形にすること。俺はまあ、そのアシスタント。

しっかりとしたプランがあればそれに従うし、何のビジョンもない時には、こちらからクライアントのイメージを読み取って、それぞれに発注する。

だが山本さんは漠然としたプランを、はっきりと押し付けてくるのだ。

店舗はすでに確保しているのだが、時間がかかっても納得できるものを作りたいと言ってこちらの企画をゴネる。

この仕事にかかわってる限り、他の仕事はできないから、早く終わりたいと思うのに、一向に進める気配がない。

ひょっとしたら『今度店やるんだよね』という状態を楽しんでるだけじゃないかと思うほど。

だが、彼の料理の腕を見るためにフードコーディネーターと一緒に倉敷さんを伴った試食会で食べた料理は悪くなかった。

ちょっと大雑把ではあるけれど、色合いもよく、山本さんの性格の派手さがいい形で出ていると言った感じだ。

ただ、そこで一つの問題が起きた。

「これなら腕前を気にせずメニューが作れますね」

と言うフードコーディネーターを無視し、俺達を無視し、山本さんの視線が倉敷さんに釘付けになってしまったのだ。

どうやら好意を抱いたらしいのだ。

確かに倉敷さんは美人だし、仕事相手には愛想もいい。

大抵の男性ならばいい印象を持つだろう。

だが山本さんは『いい印象』以上のものを持ってしまった。

「こんな可愛い女性がいるなら、もっと早く連れてきてくれればよかったのに」

と彼女にもこの仕事に加わるように要請したのだ。

仕事に彼女が加わることに反対はしない。元々仕事には何人もの人間がかかわってくるものだから。

だが山本さんの誘いは仕事じゃなくて、倉敷さんを手元に置きたいというだけのこと。

食事の最中に一々料理の感想を聞いたりするのはまあよしとして、彼女の連絡先を尋ねたり、手を取ったりするのはいただけなかった。

彼女も引きつった笑みで、辛うじて耐えていたが、もし仕事の相手でなければすぐに逃げ出していただろう。彼女は気が強いから。

そこをぐっと堪《こら》えて「まあ口が上手い」などと笑っている顔が、だんだんと引きつってくる。

「倉敷は他の仕事をしてるんで、今日は手伝いだけですよ」

と見かねた千原さんが言っても、山本さんは聞いていない。

だからだ、とわかっていたけれど、それに続く言葉はちょっとショックだった。

「私の食事を作らせる前に、少しプロの料理を見せたかっただけですから。今はまだ俺の口に合ってなくてね」

暗に彼女は自分の恋人だと、結婚して一緒に住む日が近いとでも言ってるようなそのセリフ。

倉敷さんもすぐにその意図がわかって言葉を引き取った。

「いやだわ、千原さん。まだ他の人には言わないでください」

芝居なのはわかっている。

わかっているけど、ショックだった。

彼が助けに入るのは、自分だけじゃない。

そんな簡単な一言で恋人と認められるのは、やっぱり相手が女性だからだ。

顔色一つ変えずにそんなセリフが言えるほど、千原さんは大人で、自分が一歩リードしてると思っていた御褒美のキスも、所詮はこの一言と同じ程度なのかも。

帰り道、千原さんは芝居のことを倉敷さんに謝罪した。

「さっきはすまなかったな、変なこと言い出して」

「とんでもない。助かりました」

「金持ちの彼氏ができるチャンスを潰したと言われないでよかったよ」

「私、お金を持ってる人より仕事ができる人のが好きなんです。悪いけど、あの人が仕事をするところはあまり想像できないです」

「はは…、だがメシは美味かっただろ」

「ですね。人間誰にでも一つくらい取り柄がないと」

「手厳しいな。金持ちで、顔がまあまあっていうのは取り柄にならんのか？」

「それをプラスにするなら、他人を見下すような視線と、自分の力で稼いだわけじゃないお金を浪費しようとしているマイナス面とでプラマイゼロです」

「それじゃ、俺なんかマイナスだな」

「あら千原さんはプラスです。絶対に」

「そいつは嬉しい」

二人だけで弾む会話。

俺がいなかったら、きっとこの後二人で飲みに…、なんて流れだっただろう。

俺が、二人の恋を邪魔してる。

そこに恋があるわけじゃないけれど、恋が始まろうとしてるのを邪魔してるのだ。

「花川、料理の写真、プリントアウトしてコーディネーターに渡しておけ。貰ったレシピも整理して添付するんだぞ」

「はい」

俺に向けられるのは仕事の話。

彼女には向けられた微笑みも付いてはいない。

自分の恋に恥じるところはないはずなのに、微かに感じる後ろめたさ。

結局、その日、俺はあまり口を開くこともなく、二人の後ろから付いて歩くだけだった。


恋をすることは、楽しかった。

恋をして、恋をしなければ知らなかったことを幾つも知った。

毎日千原さんの一挙手一投足が全て気になって、それが少しでも自分に向けられることだと、胸が躍る。

一人の部屋に戻って彼の姿を思い出すだけで顔が綻《ほころ》ぶ。

何かを教えてもらうために身を寄り添わせると、優しい人に憧れていた時には感謝だったけれど、恋をしてからはときめきだった。

誰もいない一人のアパートの部屋へ戻るのは寂しかったけれど、朝になればまた会社で千原さんに会える。

そう思うと、それだけで心が軽くなる。

彼の意識が他人に向いていても、この人のいいところを一番わかっているのは自分だけという自負があり、その相手が千原さんを自分ほどには好きじゃないと思うことができた。

真実がどうだかわからないから、自分の都合のいいように解釈できたのだ。

だが今は違った。

千原さんが自分の側にいて、自分を見てくれることは嬉しく、甘い緊張に包まれるのは変わらない。

だがその視線が倉敷さんに向く時、心の奥底に冷たく重いものが生まれる。

彼女が千原さんを好きだと知っているから。

彼女が自分と同じように、彼の外見とか仕事っぷりだけじゃなく、内面の優しさに惚れていると知っているから。

もしも、千原さんの心が彼女に傾けば、恋はすぐに成就する。

倉敷さんが女性だから、恋が成れば結婚だってあり得る。

そうなったら、千原さんはもう自分には手の届かない人になってしまうのだ。

好きでいてもいい、とは言ってもらった。

けれど、『手が届かないかも知れない』と『絶対に手が届かない』では大きな違いがある。

もしも、まだ告白していなかったら、自分の気持ちを告げて裁定を待つことができるだろう。

でも俺はもう彼に好きだと伝えてしまっているから、後はただひたすら彼の気持ちが変わるのを待つばかり。

自分から何かできるわけでもない。

女の子だったら、挑発的に短いスカートをはくとか、色気を振り撒くということもできるのだろうが、男の俺では…。

童顔で小柄で女の子を見まごう可愛い男なら、まだその方法ができたかも知れないが、俺は中肉中背。身体は引き締まってムキムキでないが筋肉質。

顔も、目は大きいけれど、男の顔だ。

女の子達には爽やかな好青年とは言われたが、男にとってその形容詞は食指が動くものではないだろう。

色々調べてもみたけれど、俺の手に入る程度の情報では『ノンケの男に恋をすると辛い』と、叶う可能性が薄いことを示唆《しさ》されている。

でなければ強引に襲っちゃえという即物的なものだった。

千原さんを襲う…。

あり得ない。

腕力的にも、あの人を俺が組みしけるわけがない。

身体は細いけれど、書類満載のダンボールを軽々と持ち上げてるのを見たこともある。後で腰が痛いと笑っていたが、その時腕に浮かんだ血管を見て、男としてカッコイイと思ったものだ。

千原さんに触れて欲しい。

あの人とキスすると身体が熱くなる。

自分が彼に触れたいとも思うが、彼の手に触れられたいとも思っていた。

自分が襲う方だったら、まだ能動的になれたのかもしれないが、受け身の態勢で待つだけなので、やっぱりすることがない。

俺にできるのは、ただ仕事を真面目にすることだけだ。

その仕事が、上手くいかないので、ストレスが募るばかりだった。

「花川、今日も弁当か？」

昼飯時、手ぶらで立ち上がった俺に、千原さんが声をかけた。

実は、恋と仕事で悩んでいて、今日は珍しく弁当を作るのを忘れてしまっていた。

「…いえ、今日は寝坊しちゃって」

「珍しいな」

「はあ、山本さんの好みの椅子を探してる間に夜更かししちゃって」

その合間に、千原さんと倉敷さんのことを考えていたのは秘密だ。

「時々、ああいう手合いもいるんだが、お前は初めてだったな」

「はあ」

「しょうがない、奢ってやるから付いてこい」

「え？　いや、いいですよ」

「若い者が遠慮するな」

「若いって、千原さんだって全然若いじゃないですか」

「お前みたいに幼いのが側にいると、老け込むんだ」

「俺、幼いですか？」

問いかけると、彼の顔がふっと和《やわ》らぎ、頭を撫でられた。

「俺よりはな。来い」

誘われれば嬉しいから、断ることはできない。

でも何となく後ろめたくて倉敷さんの席を見ると、彼女は総務の女の子に誘われ、出て行くところだった。

あっちもあっちで付き合いがあるのなら、行ってもいいだろう。

俺は黙って彼の後に付いて会社を出た。

連れて行かれたのは、昼間だけ定食屋になる居酒屋だった。ここはランチ時でもタバコが吸えるので、千原さんの行き付けなのだ。

木のテーブルの席に、向かい合って腰を下ろすと、千原さんは焼き魚の定食を頼み、タバコを取り出した。

俺も同じものを頼んでそれを見守る。

「ここんとこ、元気ないな」

自分の様子を見ていてくれた言葉に、ちょっと笑みが零《こぼ》れる。

「山本さん、難物ですから」

「仕事のことだけか?」

「俺に他のことを訊くとヤブヘビになりますよ」

「何だそりゃ」

「千原さんのことで悩んでます」

「俺?」

「どうしたら心変わりしてくれるかなって」

何とも思われてないのはわかっているけれど、やっぱり好きになってもらいたい。

けれど、千原さんは咥えたばかりのタバコに火を点ける手を止め、口をちょっとへの字に曲げた。そう見えただけかも知れないが。

そんな顔しなくてもいいのに。

無理なのはわかってるのだから。

「なんてね。仕事でヘコんでるだけです。千原さんみたいに山本さんをやり込めるだけのキャリアもないんで、何か言われると黙るしかなくて…」

「キャリアなんてものは時間が経てば手に入る。今はこういう人間もいると思ってればいい」

手が動きだし、タバコに火が点く。

彼の匂いになってしまったタバコの匂いが辺りに漂う。

「俺もいつか一人で仕事ができるようになりますかね？」

「一人でやりたいのか？」

「今はまだいいです。千原さんの下にいたい。でもやっぱり男ですから、いつかは、ね」

そっと吐き出した煙が横へ流れる。

「花川は物事に対して真面目に取り組むし、作業も細かい。礼儀もわきまえてる」

「礼儀は仕事に関係ないでしょう？」

「あるさ、うちに頼んでくるのは大抵年配の人間だ。年寄りは礼儀にうるさい。気分を損ねて仕事を逃すなんてこともある」

「慰めてます？」

「そういうわけじゃない。ただあるものは使えということだ。今回のことでいえば、倉敷がもう少し慣れてれば、彼女にこの仕事をさせていただろうな。彼女が媚びれば山本は簡単に言うことを聞いて、もっとスムースに仕事が進んだだろう。若くて美人で愛想がいいというのも才能だ。あいつは嫌がるだろうが」

…ここで倉敷さんの名前を出さなくても。

「あいつだなんて、倉敷さんに失礼ですよ」

そんな親しげな呼び方で彼女を口にしないで欲しい。

「…まあそうだな。女性に対して失礼か」

定食が運ばれてきたが、千原さんは今吸ってるタバコを吸いきるつもりらしく、箸を取らなかった。だが俺は腹が減っていたので、箸を取る。

「焦《あせ》る必要はない。花川が一生懸命やってるのを見るのは好きだよ」

その言葉で俺が喜ぶと思って言うのだろうか？　本当にそう思ってるのだろうか？

まあ喜んでしまうんだけど。

「お前の好きにすればいいが、俺はもう暫くお前を側に置きたいな。ま、オッサンだから助けて欲しいってことだ」

「またオッサンだなんて。千原さんはまだ若いです」

「男として意識するか？」

「当たり前でしょう」

何故か彼はそこで微笑《わら》った。

「そんな必要もないんだがな…」

と小さく漏らして。

必要がないってどういうこと?

自分を男として意識されては困るってことか? 男同士の恋愛を意識するなってことか?

「何でも、時間が解決してくれる。過ぎてしまえばみんないい思い出になるから、気にするな」

それが仕事のことを言ってるのか、今の謎の発言に関してなのか、俺にはわからなかった。

「花川はいい子だ。誰にだって好かれるさ」

「誰にでも、はいいです。俺が好きになって欲しいのは一人だけですから」

「一人か」

自分だってわかってるから、笑うんでしょう?

余裕だ。

「そういえばその後、伯父さんとはどうだ?」

その上、話題まで変えてしまった。

「特には。年末には挨拶に来いって言われてますけど、後はもう。行けば母親の悪口を聞かされるだけですから」

いいけど。

そんなに俺と恋の話をするのは嫌かな、とヘコんでしまう。

「それでいて仲が悪いというわけじゃないんだな」

「世話になった人を悪くは言えません。甘やかしてはくれなかったかも知れないですけど、俺は五体満足でここまで大きくなって、ちゃんと大学まで出してもらってますから」

「お前はいつも『足りない』という文句を言わないんだな」

「そうですか？　結構欲しいものはあるんだけど」

「そういう意味じゃない」

俺はタバコを吸わないのだけれど、タバコはそんなに美味《うま》いんだろうか？

あの苦みが舌に残って、食事が不味《まず》くなったりしないんだろうか？

「祖母さんはどうだ？　入院したって？」

「はい、検査入院で先月。でも今度従兄弟が結婚することになったんで、孫が生まれるまでは絶対死なないって言ってます」

「そりゃ死ねんな」

「初ひ孫ですから」

「結婚式には出るのか？」

「と思います。休みが貰えれば」

「今度はちゃんと事情を話して申請するんだぞ」

千原さんはタバコを消して、やっと食事を始めた。

性格の几帳面さが表れるように、彼の箸使いはとても綺麗で、魚の身を骨から綺麗に剝がしていた。

二人きりで食事をする。

ただそれだけのことが嬉しいなんて、この人にはわからないんだろうな。

その目が、上目使いにこっちを見る。何げない視線だけれど、表情が見えないから、探るような真剣な眼差しに色気を感じる。

「弁当作るの止めたら、またメシに誘ってやるぞ」

簡単に誘わないで。

俺には意味のある誘いだから。

「お金が続かないからいいですよ。食材も余っちゃうし」

「そうか」

でもあっさり諦められるのも寂しい。

テーブルの下、靴のつま先が当たる。

そんな接触でも、『彼』を感じてしまうから、慌てて足を引っ込める。

好き。

忘れないで。

俺はあなたが好き。

忘れられればいいと何度も思ったけど、倉敷さんに譲るべきかと考えたこともあるけれど、どうしてもあなたが好き。

誰かを『好き』になることで、こんなにも生活の全てが喜びと苦しみに彩《いろど》られることを教えてくれたあなたが、とても好き。

「花川の…」

「はい？」

「椅子の件、海外のサイトも覗いてみろ。いいのがあるかも知れない」

海外…。それは考えていなかった。でも、数がそんなになければ輸入もできるかも。

「お前の作るデータは見やすい。俺の好みを熟知した作り方だな」

気を抜いてると、そんな褒め言葉とにやっとした笑顔を向けられる。

それにドキリとすると、携帯電話が鳴った。

「はい、千原です」

仕事モードで話し始める彼を恨みがましく見ながら、大人の男ってズルイと思わずにはいられなかった。

俺が喜ぶツボなんて、みんなお見通しなんだから。

これでまた仕事するのが楽しくなっただろう、とか思ってるんだ。そして俺はうまうまと応えてしまう。

「花川、金はここに置くから、お前一人で食ってろ」

「どうかしたんですか？」

「山本さんから急な変更があったがどうなってるのかとフードコーディネーターから連絡だ。やっこさん、創作和食を取り入れたいから、今までの案はなしにしてくれと言ってきた」

「俺達を通さず、直接コーディネーターさんに連絡したんですか？」

「そこんとこ詳しく聞いてくる。俺のも食っていいぞ」

「俺も行きます」

一緒に行こうと腰を浮かせた俺を、千原さんは押し止《とど》めた。

「いいからお前はメシを食え。体力と気力を充実させてこい。今お前に腑抜けられちゃ困る。まだまだ先は長いだろうからな」

千原さんの方が遅く食べ始めたのだから、まだ半分も食べていないのに、彼は俺の頭にポンと手を置き、千円札を二枚置くとそのまま店を飛び出して行った。

半人前。

そう言われた気がして落ち込み、後を追うこともできなかった。

彼の箸がついた魚をつつきながら、自分の願いが、恋が叶わないのならせめて仕事で必要とされたい、そんなささやかなものに変わってゆくのを感じていた。

それは、自分の希望が萎《しぼ》んでゆく証《あかし》だった。


「千原さんとデートしちゃった」

その日の会社帰り、倉敷さんと廊下で会った時、嬉しそうな顔でそう言われて俺は心臓がきゅっと摑まれるような痛みを感じた。

「え…?」

「なんて、今日偶然外で会っただけだったんだけど」

続く言葉を聞いても、安心などできなかった。

千原さんと倉敷さんが自分のいないところで時間を過ごした。しかも自分を置いて出て行った後に。

戻って来た千原さんはさっきまで自分の隣でパソコンを打ってたのに、そのことを彼からは聞いていなかったということがショックとして消えなかったから。

「外って?」

でも彼女のために、自分のために、それを表に出すわけにはいかなかった。

「今の仕事で、参考になるようなブティックを回って歩いてたんだけど、千原さん、例の山本さんのところの小物探してたみたいで、珍しく女性向けの雑貨店にいてね。私の方から声かけたら、一人で回るのが気まずいから暫く付き合ってくれって頼まれたの。そしたら御礼にカフェで奢ってもらっちゃって」

その時のことを思い出すように、彼女は遠い目をして笑みを浮かべた。

恋する瞳ってやつだ。

「カフェって禁煙のところが多いでしょ？　知ってた？　千原さんタバコ吸えないと…」

「テーブルを指で叩く仕草をするんでしょう？」

俺が先回りをして答えを言ってしまっても、余計なことをという顔もしない。むしろ我が意を得たりという顔で大きく頷《うなず》いた。

「そう。あれ、イライラしてるのかと思ってたら、自分では気づいてなかったんですって」

社内で俺に声をかけるのは、誤解を受けるから避けていたのに、廊下の隅とはいえ声をかけてくるというのは、誰かに報告したいほど嬉しいことだったのだろう。

俺だって、今日は一緒に昼食をとった。

張り合うようにそういうことはできた。

けれど、彼女の喜びを奪うことはできなかった。

彼女の喜びが理解できるから。そして自分は何度となく『二人きりでお茶』をしてるから。たとえそれが仕事の一環でも。

彼女の、数少ないツーショットの喜びを阻害したくなかった。

「千原さんって、指が綺麗なのよね」

「ですね」

「そういえば花川くん、あの山本の件で、苦労してるらしいわね」

「ええ、まあ。…倉敷さん、クライアントを呼び捨てですか？」

男前ぶりに失笑する。

「だって私のクライアントじゃないもの」

それはそうだ。

「椅子探しで徹夜したって？」

今日の今日の話題なのに、そんなことまで言ってたのか。

「いいのが見つからなくて」

「寝不足みたいだって心配してたわよ。女子だったらどんなところから引っ張って来るか教えてやれって言われたけど、まだ探してる？」

「いいのあるんですか？」

「いいのかどうかわかんないけど、長野の方に手作り工房があるの。山本みたいな見栄っ張りの男は『手作り』とか『一点物』って言葉に弱いから、案外イケルかもよ」

「見栄っ張りですか？」

「でしょう？　一回話しただけでもすぐわかったわ。自分の店に対する明確なビジョンもないのに、有名な店を引き合いにして『ああいう感じ』と言ってたけど、みんなバラバラの雰囲気の店だったじゃない」

鋭いな。

「私、ああいう男大っ嫌い。自分のサイズがわからないで見栄を張るのはバカな証拠よ」

「そこまで言わなくても」

そう言うと、彼女は形のいい胸の上で腕を組み、お姉さんっぽく俺を見上げた。

「花川くんって、お人好しよねぇ。あなた嫌いな人っていないんでしょう」

「そんなことないですよ」

「そう？　でもまあ、そういうところ、私は好きだけどね」

「ペットみたいで？」

流れで言っただけのセリフに、彼女が反応する。

「ひょっとして犬みたいって言ったの気にしてる？　悪い意味じゃないのよ？」

「気にはしてませんよ。好意的な言葉だってわかってますから」

「…みんなに訂正しとくわ。弟みたいだって」

「そんなに気にしなくてもいいですよ。すみません、変なこと言って」

「あなたが謝ることじゃないのに、とことん人が好いのね。あ、千原さんだわ」

振り向くと、廊下の向こうに千原さんの姿が見えた。

彼の方もこちらを見たが、すぐにそのまま行ってしまった。その口元に微かな笑いが見えたと思ったのは見間違いだったろうか。

「そうそう、お蕎麦屋さん、来月行くことになったから」

「それも今日話し合ったんですか？」

「ええ。お互い今抱えてる仕事が終わってからにしようって」

「…倉敷さん、千原さんに急接近ですね。羨ましいや」

漏らした本音に、彼女が苦笑した。

「何言ってるの。私にしてみれば、千原さんの話題があなたのことばっかりで悔しかったわよ。時間的に出遅れた分、積極的に行かないとね」

それからちょっと考えて、俺のために優しい言葉をくれた。

「あなたが思ってるより、私、花川くんの可能性も薄いとは思ってないわ。だから注意しておかないとね」

俺の可能性なんて、あるわけがないのに。

「俺、相手が倉敷さんなら『おめでとう』って言いますよ」

「じゃ私も、あなたが相手だったらしょうがないから『おめでとう』って言ってあげる。で、他の人だったら、二人でヤケ酒ね」

彼女の拳が俺の胸を叩くから、二人で顔を見合わせて笑った。

二人とも不安を抱えながら、それに負けないようにしてるみたいに。


千原さんと倉敷さんの関係が近づいてゆく気がすると感じるのは、きっと気のせいではないだろう。

倉敷さんのアプローチがあるからとはいえ、今まであまり相手にしていなかった倉敷さんに対して、千原さんが反応を返すことが多くなったから。

コーヒーを淹れてきても、今までなら「ああ、ありがとう」と顔も上げなかったのに、ちゃんと振り向くようになった。

倉敷さんが蕎麦好きだという話に乗ったり、自分の行ってる店を教えたりした。

言葉の中に、俺の気持ちをささくれ立たせる単語が多くなった。

「倉敷は寿退社するタイプか？　結婚しても仕事を続けるタイプか？」

とか。

「俺はあまり子供が好きじゃないな」

とか。

それ自体は会話の流れの中の言葉だが、それが倉敷さんの前で千原さんの口から出ることを気にしてしまう。

俺をないがしろにするわけではない。話には一緒に加わるように水を向けてくれた。

けれど、その言葉も、痛い棘《とげ》を持っていた。

「お前も結婚とか考えるか？」

「花川、結構モテるらしいじゃないか」

気にするほどのことではないのかも知れない。

誰にでもする会話だろう。

けれど俺には『もうそろそろ俺のことは諦めろ』と言ってるような気がした。

彼女を意識してるのかな。

やっぱり女の人のがいいのかな。

倉敷さんだからいいのかな。

倉敷さんのことが気になり始めたから、俺を好きだというのは止めてくれと言ってるのかな。

恋をして楽しいと思っていた時間が、もう終わりを告げてしまうのだろうか？

倉敷さんも、自分に向けられる千原さんの意識を気づいているのだろう。今までより頻繁に俺達の席に立ち寄る回数が増え、会話も進んでもちかけてきた。

いらないかも知れないけど、と言いながら、椅子の資料なんかも持ってきてくれて、こんなのもいいですよねと千原さんに話しかけたりした。

二人とも好き。

二人が幸せになれるのはいいことだと思う。

けれど、俺にとってそれが辛い結果になるのだということはわかっていた。

いや、万が一俺が千原さんと付き合ったら倉敷さんがこの気持ちを味わうのだ。だとしたら、男の俺が辛い役目の方がいいのかも。

最初から俺の恋は結果がわかっていたじゃないか。

夢は見ていた。

キスされた時、もしかしてと期待もした。

でも所詮男と男。

これが当然の結果なのだ。

だとしたら、祝福してあげるべきだ。

「倉敷さん、料理とかできるんですか？」

コーヒーを運んで来た彼女が、長く千原さんの側にいられるように俺が言葉をかける。

「私、あんまり上手くないのよね。千原さんは料理作るんですか？」

喜んで彼女が足を止め、会話を作る。

「まあ一人暮らしだからな。最低限は作るぞ。倉敷だって最低限はできるだろう」

千原さんも仕事の手は止めないが、会話に加わる。

「ちなみに千原さんの最低限ってどの程度ですか?」

「メシが炊けて野菜炒めができれば、まあいいだろう」

「よかった。なら大丈夫です」

「お前、花川に料理習ったらどうだ? こいつの弁当、美味そうだぞ」

「あ、私もこの間見ました。女として自信なくしますよ」

二人が揃って俺を見る。

「花嫁修業したいなら、お手伝いしますよ」

にこやかに答えながら、自分で口にした『花嫁修業』という言葉に傷つく。

「それ、私に対する挑戦ね」

「自分で言ったんじゃないですか。料理上手くないって」

「自分は上手いと思う?」

「俺、冷蔵庫の残り物で何でも作る自信があります」

「う…。それ私無理」

千原さんの視線が俺に向き、倉敷さんへ向かう。

「お前、料理習った方がいいぞ。顔は美人でも、男は胃袋だからな」

それって、俺のために料理を覚えろって言ってるのかな。

「ほら、千原さんだってこう言ってるんですから、料理は大切ですよ」

「花川くんが女の子だったらよかったのにね」

それは彼女の気遣いなのか、料理下手をネタにされたささやかな意趣返しなのか。

どちらにしても、これもまたチクチクと胸を刺す。

「残念ながら、俺は男ですから」

「わかってるわよ。でも女だから料理上手くなきゃいけないってことはないわよね？　考えてみればシェフとかパティシエは男の人が多いんだし」

「料理が上手い男と結婚するってか？　安直だがそれもまたいいのかもな」

「千原さん、酷い」

微妙な関係。

探り探りの会話。

気にする言葉。

それでもまだ終わりにしたくない。

「倉敷、俺にもコーヒー頼む」

部長が自分の席から彼女を呼ぶ。

すっかりコーヒー係になってしまったから、断るわけにもいかず「はーい」と返事をして倉敷さんは離れて行った。

「倉敷は男っぽい性格だが、頼りになりそうな女だな」

「ですね。…千原さんも、お嫁さんにするならああいう女性がいいですか？」

自分でもバカだと思う。

自分で自分の首を絞めるような質問を口にするなんて。

でも訊かずにはいられなかったのだ。この生殺しの状態から逃れるためには。

心のどこかで『考えられない』という答えが来るとタカをくくっていたのだろう。『まだ』にせよ『ダメ』にせよ、彼が結婚など考えないタイプの男だと安心していたのだろう。

今まで、彼の口から結婚という言葉を聞いたことがなかったから。

けれど千原さんは暫く考えるように黙ってから、ボソッと言った。

「そうだな、いいんじゃないか？」

絶望を味わうというのはこういうことなのだろうか？

彼の返事を聞いた瞬間、目は開けているのに視界が真っ暗になり、全身の血管の中を冷たい何かが通り抜けていくのを感じた。

身体が冷えてゆくのに背中に汗が滲む。

「お前もそうだろう？」

それは一般論なのか、正直な感想なのか。続いて尋ねる勇気はなかった。

「そうですね。きっと小倉さんもそうですよ」

と笑ってごまかすことしかできなかった。

「ライバルは小倉か」

という一言が決定的に耳に響いても、ただ笑っていることしかできなかった。

「大変ですね」

それが俺に許された唯一の仮面だったから。


自分の望まないゴールが見え隠れするようになって、俺は一歩も動けなくなってしまった。

何をどう足掻《あが》いても、終わりは見えている。それならそこにたどり着くのを送らせることしかできない。

だから倉敷さんの情報交換の誘いも断るようになった。

彼女と二人きりになって、彼女の進展を聞いたら醜い言葉を口にしてしまいそうで、彼女が好きだからそれはしたくなくて。

千原さんと二人きりになることも避けるようになった。

仕事で組んでいるのだから絶対にならないというのはどうしたって無理だけれど、そういう時は他愛もない会話でごまかした。

天気と健康と仕事の話だ。

千原さんはいつもと変わらなかった。

以前よりちょっと倉敷さんの名前を口にすることが増えただけで。

でもそれだけのことが、俺の足を重くした。

見えるゴールが、やっぱり二人の恋なんだろうな、と思わせて。

こうなると、気まぐれな山本さんに振り回される仕事はありがたかった。

疲れた顔をしていても仕事のせいにできる。忙しくて、他のことを考えないで済む。一人の部屋に戻っても、寂しさを感じたり悪い想像をする間もなく眠りに落ちてゆける。

ただクライアントだとわかっていても、山本さんには呆れるばかりだったけれど。

何かが決まりかける度に思いつきだけで変更を言ってくる。それに別途料金がかかると言っても、金に糸目はつけないと開き直る。

今まで自分が引き受けていた仕事は、早く自分の夢を実現したいとか、さっさと儲けを手にしたいという人達ばかりだったので、わざと遠回りしているような態度は理解できなかった。

「多分怖いんだろう。店を開ければどうしたって現実がやってくる。自分の料理が通用しないとか、儲けが出ないとか。それを突き付けられるのを先延ばしにしてるんだろうな」

とは千原さんの言葉だった。

そう言われると少しだけ山本さんの気持ちがわかった。

自分も今、そうやって厳しい現実を先延ばしにしている身だったから。

だがそんな日々ももう終わりに近づいていた。

店は内装工事が入り、店の名も決まり、ロゴも決まり、メニューも決定。

後はただゴールに向かってまっしぐら、だ。

けれどそんな時になって、またも山本さんはやってくれた。

「花川」

隣のデスクでイライラとした様子で長い電話をしていた千原さんが、受話器を置くなり俺を振り向いた。

「今夜泊まりできるか？」

「いいですけど。どうかしたんですか？」

「またあの山本だ」

「ひょっとして変更ですか？」

「ああ」

「今更何を変更するんです？　全部発注済みじゃないですか」

「食器だ」

「食器？」

「同じものを使ってる店が近くにあるのを見つけたらしい。しかも料理の一部が被ってるとさ」

「そんなの、別に…」

「とにかく、先に買った食器を買い取り扱いにしてもいいから、新しいものを探して欲しいそうだ。料理の変更は本人が考案したからファックスしてくるそうだが、メニューは作り直しだ」

「でも時間が…」

「それでも、だと」

千原さんは明らかに怒っていた。

俺にしたって呆れるばかりだ。

いくら現実が怖いのだとしても、こんなやり方…。

「すぐにありったけの食器のカタログを揃えろ。前のサンプルで残ってる物はあるか?」

「買い取った物は残ってますけど、借りてきた物は全部返却しました」

「すぐにもう一度借りてこい。第二会議室を借りておくから、どんどん持ってこい」

「はい」

やっと面倒な仕事が終わると思っていたのに。もう次の仕事も入っているのに。ここでまた引っ張ると次の仕事にも支障が出る。

修正するなら早くやらないと。

もう開店へのカウントダウンは始まってるのだから。

俺は言われた通りにすぐに会社を飛び出すと、食器のメーカーや取り扱い店へサンプルを借りに走った。

一度借りた店だけでなく、前には足を運ばなかった店にも出向いた。

「お店の検索と地図なんかのプリントアウトだけでも手伝おうか？」

という倉敷さんの申し出も、ありがたく受け入れた。

「何だったらお店に連絡も入れてあげるわよ」

「時間、大丈夫ですか？」

「電話くらいなら別にそんなに時間取られないし、平気よ」

「…じゃ、お願いします」

「ん、頑張って」

千原さんはメニューを作成しているデザイナーさんのところへ出向いて、変更を伝え、一緒に山本さんのところへ行くとのことだった。

俺は出先から、次々と倉敷さんから送られてくる店の地図をチェックしながら食器を借り、ある程度集まると会社に戻って荷物を置き、再び飛び出して行くのを繰り返した。

それが全て終わったのは夜の九時過ぎだ。

もう相手の店が開いてる時間ではないので、これで足りない場合はカタログの中から選ばせるだろう。

その頃には千原さんも戻ってきて、デスクではなく喫煙所でタバコをふかしていた。

「千原さん、こっち終わりました。会議室に全部運んであります」

狭い喫煙所は、強いタバコの匂いで満ちていた。

「こっちも何とか少ない変更で済ませるようにした」

「山本さん、納得しました？」

「させた」

その端的な一言で、千原さんが終《つい》に山本さんにキレたことがわかる。きっといい加減にしろとか何とか、一発かましてきたのだろう。

「この後どうすれば…」

「サンプルの組み合わせを写真に撮って、明日朝一番で山本に持ってく。とにかく明日中には決めさせないと。デジカメ持ってこい」

「もう用意してあります」

「俺のタバコ待ちか？」

「大丈夫ですよ、ゆっくり吸ってください」

そこへ倉敷さんが顔を出した。

「花川くん、部長から泊まりの許可取ってきたわよ」

「あ、ありがとうございます」

「千原さん、私も手伝いましょうか?」

だが千原さんはタバコを咥えたまま彼女の応援を断った。

「いらん。お前は帰れ」

「でも…」

「倉敷は若い女だから、泊まり込みはしなくていい。手伝ってもらってありがたいが、ここから先は俺と花川の仕事だ。他人の仕事に手を出してる暇があったらお前はお前の仕事をしろ」

いつになくキツイ言い方に、彼女の瞳は震えた。

「…はい」

好きな人に拒絶されることは辛いだろう。

だからどうしても彼女に優しくしてしまう。

「それじゃ、千原さんがタバコ吸ってる間に夜食買いに行こうと思ってたから、そこまで一緒にいきましょうか。千原さん、何食べたいですか?」

「…何でもいい」

「はい」

連れ立って喫煙室から離れると、彼女は足を止めて振り向いた。

「怒られちゃったわね」

「あの人、仕事第一だから。それに、あれは倉敷さんのこと心配して言ってるんですよ」

「…私、一人で帰るわ。悪いけど買い物は一人で行って」

「倉敷さん」

彼女は笑ってひらひらと手を振ると、足早に俺から離れていった。

自分からすれば、彼女の恋の方が順調だと思うのに、恋をすると誰もが不安になるのだろう。

『お前が好きだ』という一言が手に入るまで、自信など生まれないのだ。

もっとも、俺にはそれはもう手の届かない言葉なんだろうけど。

喫煙室を振り向くと、俺は今日が最後かな、と寂しさを感じて。


借りてきたサンプルの食器やカトラリーを一点ずつ写真を撮る。

次にこれと思う組み合わせでテーブルメイクをして、またそれも写真を撮る。

デシカメの写真を実寸大まで大きく引き伸ばしてプリントアウトし、それを並べ比べて山本さんに見せる価値があるものだけを取捨選択する。

いい組み合わせがない場合は、また一から組み合わせてみる。

サンプルが手に入らない取り寄せ品は、カタログやウェブ上に掲載された写真を実寸大にして切り抜き、それをレイアウトして写真を撮った。

一度やった仕事だが、センスも問われるものだし、借り物の現物については取り扱いに注意しなければならないので、単純作業なのに思っていたよりも時間がかかった。

ようやく全ての写真を撮り終え、ファイルに纏めた頃には、時計は朝の三時を回っていた。

「始発まではまだ間があるな」

真っ暗な窓の外を眺め、千原さんが呟いた。

あの夜と一緒だ。

俺が初めて彼に恋を自覚した夜と。

でもきっと、この人は覚えていないんだろうな、そんな夜があったことも。

「倉敷には悪いことをしたな。せっかく手伝ってくれたのに」

「わかってくれてますよ」

「…そうだな。しっかりした娘だしな。ついでに美人だ」

「それは手伝ってくれたことと関係ないですよ」

「だがお前もそう思ってるんだろう?」

「それ、前も答えました」

手が、タバコを求めてスーツの上を彷徨《さまよ》うから、俺はテーブルの端に置かれたままのタバコとライターを取って彼に渡した。

「これでしょう?」

「ああ」

「喫煙室、行って来ます？　それとも窓開けます？」

彼はちょっと迷ったが、それをポケットへしまった。

「いや、やっぱり止めておこう。…お前まで付き合わせて悪かったな」

「何言ってるんです。これは俺の仕事でもあるじゃないですか」

「だが写真撮りぐらいなら俺一人でもできることだから、帰してやればよかった」

「そんなこと…」

「御礼は何がいい？」

「だから、自分の仕事なんですから、御礼なんていりませんよ」

「いらない、か…」

「山本さんとは何時会うんです？」

「今日はご予定がおありだとかで、夕方の六時にして欲しいとさ。どこまでものんびりしたお坊ちゃんだ」

「じゃ、仮眠取れますね」

「一度帰るか？」

言われて、俺の頭に悪い考えが浮かんだ。

「千原さん。俺、やっぱり御礼が欲しいって言ったらダメですか？」

「別にかまわんぞ。何がいい？　またキスか？」

口元が歪《ゆが》んで笑みを作る。

「いいえ。その…。よかったら、俺のアパートで一杯飲みませんか？　山本さんに対するウサばらしもあるし、…話したいこともあるので」

我慢の利かない性格なのかも知れない。

彼を好きだと思ったら、好きと言ってしまいたくなるし。千原さんが好きなのだと他人に宣言されると自分も口にしてしまう。

だから、見え隠れする終着点にたどり着きたくなくて足踏みしていたけれど、もうそろそろ我慢ができなくなっていた。

はっきりと、訊いてしまいたい。

はっきりと、言ってしまいたい。

千原さん、俺よりも倉敷さんの方が好きですか？

彼女となら恋ができますか？

俺はあなたが好きだけど、もし心が決まってしまったなら諦めます。でもまだ決まっていないのなら、もう少し好きでいていいですか？

そして…。

もう絶対に可能性はないというのなら、一度だけあなたをください。

その目に、その手に、唇に、指に、肌に、吐息に、魅了され続けてきたんです。それを諦めなければならないなら、せめて一度だけでいいから、俺にそれをください。

あなたは大人だから、愛がなくても、情けだけでもできるでしょう？　できるところまででもいいから、思い出をください。

そう告げるつもりだった。

千原さんは、たった今止めておくと言ったのに、窓辺へ行くと窓を開けてタバコを咥えた。

「お前が何を言いたいのか、大体想像はつく」

「…え」

「そろそろ俺も話をされるだろうと思ってたところだ」

「そう…、なんですか？」

千原さんは俺の質問には答えなかった。

ただ背を向けて、長い煙を外に向かって吐き出しただけだった。

「俺が一服入れてる間に、ファイルに残した商品の仕入れ先リストを纏めて打ち出して来い。それを纏めたら、タクシーで送ってやる」

「送るって…」

「一緒に行くから、早く片付けてこい」

「はい」

言いたいことがわかってる、か…。

千原さんの心は決まったんだ。

ここで言わず、俺の誘いに乗って部屋まで来てくれるということは、俺が言いたいことがプライベートなことだとわかってるということ。

俺が彼と二人きりで話したいと思うプライベートが何であるかもわかってるはずだ。

千原さんは聡い大人だから、全部わかってる。

知らないのは、俺の本気度くらいだろう。

だから、『お前が何を言いたいのか、大体想像はつく』と言ったら、本当に想像がついてるのだろう。『そろそろ俺も話をされるだろうと思ってたところだ』と言うのなら、俺が切り出すのを待ってたということだろう。

それってつまり、俺が『どうなってるの?』と訊いたら、返してくる言葉が決まってるということになる。

会議室に千原さんを置いて、一人オフィスのパソコンで仕入れリストを作りながら、俺は泣きそうになるのを堪えていた。

美人でいい女の倉敷さんが幸せになるのならいい。

千原さんが幸せになるのなら、それでいい。

たとえ全てが玉砕でも、ただ一度の情けが貰えなくて終わっても、ちゃんと彼の口から終わりを告げてもらえるならそれでいい。

だから泣いてはダメだと言い聞かせて。

「倉敷に惚れたんだ」

という言葉を聞いたら、『倉敷さんも千原さんが好きだと言ってましたよ』と言ってあげられるように、心を強く持たないといけない、と言い聞かせて…。


子供の頃から、いい子と言われていた。

優しいとか、明るいとか、行儀がいいとか、礼儀を知ってるとか、人が好いとか。まるで優等生の聖人みたいに。

でも自分ではちゃんとわかってる。

本当の俺はとても浅ましい人間だって。

欲しいものはいっぱいあった。

悪いことだってしてみたかった。

けれどただわかっていただけだ。そういうことをしたら、母親のように周囲の人間に悪く言われてしまうだろうと。そして存在すらなかったことにされるほど、嫌われてしまうだろうと。

母は、自分の気持ちに正直すぎた。

好きな人ができたから、他の全てを捨てて、身勝手にもそれに身を委ねた。

そのことが悪だと言われるから、同じことをしないようにしていただけだ。

人の言うことは守って、他人に優しくして、いつも笑って、誰も憎んだり貶《おとし》めたりしない。

学校の勉強だって、成績がよくなければ学校へ行かせてもらえないから頑張っただけ。もし裕福な家庭で金銭的な問題がなかったら、今ほど真面目だったかどうかわからない。

千原さんに会うまで人を好きにならなかったのも、きっと恋愛に対する嫌悪感があったのだ。

恋に殉じた母が、悪い人に見えたから。

でも結局、俺もまた自分の欲望に忠実になってしまう。

それは俺が浅ましい人間だからだ。

可能性がゼロじゃないと、先に確かめてから同じ会社に就職したのは、姑息な考えだ。

取引のキスでも嬉しかったのは即物的だから。

千原さんが倉敷さんのものになるのだとしても、一度は手を伸ばしたいと考えるほど強欲。

俺は、決していい子ではない。

いい子でいることで、生活を守ってきた。

けれど今、その全てを捨てて、浅ましい男と言われてもいいから彼に触れてもらいたかった。

ファイルを完成させ、タバコを吸い終えた千原さんと一緒に乗り込むタクシー。

車内では、普通のサラリーマンがするような会話しかしなかった。

山本さんにあのファイルを見せてもゴネられたらどうしますかとか、メニューの変更はどうしたんですかとか、開店は本当に大丈夫なんでしょうかとか。

千原さんも、結末に焦る様子もなく、いつもと同じ声のトーンで俺の質問に答えていた。

アパート近くの酒の置いてあるコンビニの前で車を降り、ビールとつまみを買い込む。

季節は、いつの間にか明け方には寒さを感じる頃になっていたのだと、店を出てから気が付いた。

酒の入った重たいビニールの袋を提げて暗い中家路をたどり、六畳一間の狭い俺のアパートの部屋へ、初めて彼を招き入れる。

「綺麗に住んでるんだな」

と言われたけれど、何もない部屋が少しだけ恥ずかしかった。

掃除はちゃんとしていたけれど、何かもっと飾り気のある部屋にしておけばよかったな、と。

だって、物の少ない部屋は、自分が空っぽな人間だと表しているみたいだったから。

「適当に座ってください。と言っても座れる場所も限定されてますけど」

「寝る時は布団か?」

「狭いから、ベッド入れるとテーブル置けなくなっちゃうんで。テレビ点けます?」

「隣の部屋に聞こえないか」

「それは大丈夫です。押し入れ同士になってるんで。ただ、風呂に一緒に入ると、あ、隣も入ってるってわかるんですけど」

狭いけど、その狭さが俺と千原さんの距離を近くした。

テレビは結局点けず、静かな部屋の中で畳に座って買ってきた缶ビールを開ける。

「一応、お疲れさまということで…」

軽く缶を当てると、彼は笑った。

「まだまだだけどな」

冷えたビールは少しだけ苦くて、泡が喉を焼いた。

「お前の給料なら、もう少し広い部屋に住めるだろう」

「俺、祖母ちゃんや伯父さんに、少しでもお金返したいんで、貯金してるんです」

「返せと言われたのか？」

「そういうわけじゃないですけど…。俺、きっと薄情なんです。お金を借りたままだと、肩身が狭い気がして、貸し借りなしの関係になりたいって思うから」

「それがどうして薄情なんだ？」

「甘えられないって、何か情が薄いって気がしません？」

「お前の場合は律義なんだろう」

押し入れを背に、テレビとテーブルを前に斜めに向かい合うように座る。

座椅子やローソファなんてシャレたものもないから、片方の手を畳について身体を支え、足を崩した。

「今夜は徹夜したからな、今日出てくるのは昼過ぎでいいぞ」

「…泊まっていかないんですか？」

「お前の話次第だな」

言われて、俺は戸惑った。

それは俺の欲望に気づいて応えてくれるという意味なのか、しつこくされたら逃げるという意味なのか。

考えていると、千原さんの方から口を開いた。

「話、倉敷のことだろう…？」

ああ…、やっぱり。

この人はちゃんとわかってるんだ。

そう思うと終わりが悲しくて目が潤む。

でも泣きたくないから、手にしたビールを一気に呷《あお》った。

「あれだけずっとコーヒーを淹れてくるんだ、大体はわかるさ」

よかったね、倉敷さん。

地道な努力にも、この人は気づいてくれてたよ。

「彼女は美人だし、気も付くし、仕事も真面目だ」

ほらねこんなにも褒めてくれてる。

けれど、覚悟を決めた俺の耳に届いたのは、思いもよらない言葉だった。

「いい娘で、お前には似合いだと思うぞ」

「…え?」

俺はゆっくりとビールを握っていた手を下ろし、缶をテーブルの上に置いた。

「俺に告白したことなんて、ほんの気の迷いだ。男親を求めていただけに過ぎんさ。心変わりしてくれなんて言わなくたって、お前の幸せのために、全部なかったことにしてやるよ」

目の前、千原さんが優しい大人の顔をして言葉を続ける。

けれどその言葉が、なかなか理解できなかった。

「な…、に言ってるんです…?」

「料理は下手だそうだが、お前が作れるんなら問題はないだろう。相手が倉敷なら、お祖母さんにも孫が見せてやれるな」

「俺が…倉敷さんと結婚すると…?」

「それが言いたかったんだろう?　おめでとう」

彼は乾杯するように缶を掲げた。

本気…、なんだ。

本気で、この人は俺が倉敷さんに恋をしていると思ってるんだ。

「…酷い」

握った拳に力が入る。

「花川？」

「俺は…、俺はあなたが好きだって言いましたよね？」

「だからそれは忘れてやる」

「何故忘れるんです？　忘れてなんか欲しくない。本気で好きだって、好きになってくれなくてもいいから好きでいさせてくださいって言ったんですから」

悲しみを上回る怒りが、声を震わせる。

「俺は、この部屋で死にそうなほど緊張して、困るって言われたらもう二度と会わない覚悟を決めてあなたに電話したんです。告白するまでも悩んで、告白してからも悩んで。それを簡単に心変わりしたと思ってたんですか？　そんな程度の気持ちだと思ってたんですか？」

「だが、倉敷と二人で会ってたんだろう？　弟扱いされてヘコんでたんじゃないのか？　山本が倉敷にモーションかけた時も、不快そうな顔をしてただろう」

「倉敷さんはお姉さんみたいだって、ちゃんと言いましたよね？　倉敷さんに山本さんがモーションかけた時は、それが不快だったんじゃなくて、あなたが彼女をかばうためとはいえ、まるで二人が恋人同士みたいな会話をしたことが悲しかっただけです」

「俺に倉敷のことを色々言ってたのは、俺を恋敵の男として意識したからだろう。祖母さんにひ孫を見せてやりたいんじゃないのか？」

「男として意識してって…」

そんなこと、訊かれたことはあった。

だがそれは意味が違う。

誤解も甚《はなは》だしくて怒りが増し、俺は彼を押し倒した。

手をついてるから、すぐには倒れなかったけれど力任せに彼に乗り掛かった。

「祖母ちゃんにひ孫を見せるっていうのは従兄弟の話です。それがどうして俺の話になるんですか。俺は千原さん以外の誰も好きにならない。俺が好きなのはあなただ」

「花川」

「あなたを男として意識してますよ。好きな男として」

俺の言葉を信じてもらっていなかったのなら、恋が叶う望みなんてない。

彼にとってずっと、俺の『好き』は子供の戯言《たわごと》でしかなかったのだ。

倉敷さんがライバルとか、そんなこと以前の問題だった。

「倉敷さんのことは友人としてしか好きじゃない。俺が欲しいのはあなただ。何度でも言ってやる、信じてくれるまで繰り返してやる。俺の言葉が届かないんなら、行動で示してやる」

「花川」

「俺のことを愛せないなら、突き飛ばして逃げてくださいよ。俺はあなたを襲うから」

「俺を…、抱くつもりか？」

「そんなわけないでしょう、でもあなたに抱かれたいとは思ってます。どうせあなたはその気にならないでしょうけど、今夜はダメ元で抱いて欲しいとせがむつもりであなたをここへ誘ったんですよ。俺は…、あなたが倉敷さんを好きになったんだと思ってたから。もう自分のことは諦めてくれと言われる前に、せめて一度だけでも、俺を抱いて欲しいって。キスしてくれたように、ご褒美でもいいから、餞別《せんべつ》でもいいから、抱いて欲しいって…」

俺は彼のネクタイに手をかけた。

「どうしたんです？　嫌なら逃げたらいいじゃないですか。このままだったら、俺はあなたに乗りますよ？」

そのままネクタイを取り去り、スーツのボタンに手をかけた時、下から伸びた彼の手が強い力で俺の腕を捕らえ、あっという間に体勢を引っ繰り返された。

「痛っ」

今度は俺が下で、彼が上、だ。

これが当然の結果だ。

彼の方が力が強いし、俺の好きにされてもいいなんて思うわけがないのだから。拒否されて取り押さえられるのは予想していたから、悲しくはなかった。

口ではっきり言ってくれないのなら、この行動が彼の答えなのだから、受け入れないと。

「抱いてくれって？」

怒った口調。

射るような眼差しが。

「男同士が何をするかわかってて言ってるのか？」

「わかってますよ」

今更だ。

「触って、舐めて、ケツに突っ込むんです。びっくりでしょう？　考えられないでしょう？」

自虐的に言うと、彼は目を眇《すが》めるようにした。

「知ってたのか」

「知ってますよ。俺はそういう意味であなたを好きって言ったんですから」

「お前はそこまで考えてないと言っただろう」

「そんなこと言ってません」

「言ったさ、最初の時に電話で。そういう関係になりたいかと聞いたら、そこまで考えてない、ただ好きでいていいかと」

それは…、言ったかも知れない。

「そんなのもっとずっと前の話じゃないですか」

「キス一つでまごついたクセに?」

「仕方ないでしょう、あの時は…。あれが初めてだったんですから…」

好きな人にしてもらったキスだったし。

「そんなウブなまんまで、俺に抱けと?」

「キスしたことなかったら抱いて欲しいと思っちゃいけないんですか? 恋をしちゃいけないんですか? 誰だって最初の時はあります。その最初が、好きな人だったらいいと思うのは当然じゃないですか」

もうずっとそれを望んでいたなんて、考えられません?

俺だって、健全な男ですよ?

「本当に俺にペニスを舐められて、尻に挿れられてもいいと思って言ってるのか?」

「そうですよ。…俺は浅ましい人間なんです。今だって、一度だけでもいいから触れて欲しいって思ってます」

それを口にすることが恥ずかしいことだとわかっていても、もう誤解はされたくなかった。

本気で好きだから、本当に欲しいものをちゃんと伝えないと誤解されるのだとわかってしまったから、はっきりと言わざるを得なかった。

「もう…、子供じゃないですから…、嫌われてもちゃんと仕事はします。だから千原さんもはっきりと言ってください。俺はあなたに抱かれたい。それは無理なら、無理だと、俺を愛せないいなら愛せないと」

千原さんは、腕を摑んでいた手を放した。

ああ、これで終わりなんだな、と思った時、その手は再び俺に伸びてネクタイを解いた。

「いいだろう、お前にその覚悟があるなら」

さっきの俺よりも手際よく、ネクタイを取り、スーツのボタンを外してゆく。

「抱いてくれるんですか？　それがお情けでも…、俺は嬉しいと思っちゃいますよ…？」

「お情けじゃない。俺がしたいからするんだ」

「…千原さん？」

まだ怒ってるような顔。

「俺もお前に告白されてから、男同士ですることを改めて調べてみた。多少の知識はあったが、具体的にどこまでイケルかをな。だが事実はお前には耐えられなさそうなほど生々しいものだった。だから我慢してたんだ」

この人がそんなことを調べた？　それは、俺のことをちゃんと考えてくれたということか？

だが今はそれよりも気になる一言があった。

「が…まん…？」

「俺もお前を抱きたいと思ってたと言ってるんだ。何をされるのかわかってても抱いてくれと言うなら、遠慮することなくさせてもらう」

言ってる間にワイシャツのボタンが外される。

「…千原さんは倉敷さんが好きなんじゃないんですか?」

もちろん、抵抗などしなかった。

もしかして、という期待に胸が高鳴る。

「それはお前だろう。倉敷とベタベタして、俺がメシを誘っても断るし、花嫁修業だとか口にするし。お前が倉敷に惚れて、俺とのことをなかったことにしたいと思うに決まってるだろう。だから大人として俺が身を引いてやろうとしてやったんだ。お前がそれを選ぶなら仕方がないと」

「メシに誘ってもって…」

「弁当を作ってくるからメシに誘えないんだ。だから作らなかったら誘ってやると言ったろう」

それは…、そういう意味だったのか?

ちゃんと考えて誘ってくれていたのか?

「倉敷さんは…、あなたが好きなんです」

「俺を?」

「そうです。だから俺達は同じ人を好きな同志として、相談しあってただけです。二人で会ってた時も、あなたのことを話してただけです」

「だとしても、俺が抱きたいのはお前だ」

ストレートな彼の言葉。

胸が痛む。

「…本当に？　もしかして、千原さん俺のことが好きなんですか？」

悲しみではなく、喜びで。

「でなけりゃ男にキスするわけはなかろう」

手が開いたシャツの襟元から肌に触れる。

「抵抗しなければこのまま抱くぞ」

彼も自分を求めてる。

そう思った瞬間、身体が熱くなった。

「…望むところです」

俺の返事を聞くと、彼はにやりと笑った。

欲情した、色気のある目をして。

「でも一言だけ言ってください」

「何を？」

「俺を…、好きだって。ちゃんと恋をしてるって」

でなければ信じられない。もう終わりだと思っていた恋なのだから。

千原さんは、そんなことは簡単だと言うように、あっさりとその言葉をくれた。

「好きだ。これ以上ゴチャゴチャ言ってお預けをくらわせられたくないくらいにな。さあこれでいいだろう、もうおとなしくしてろ。襲われるのは趣味じゃない、するなら俺が襲ってやる。我慢させられてた分、激しくするかも知れないがな」

そして悪い顔でにやりと笑った。

彼の欲望が気遣いや、優しさではないと示すような、男の顔で。


俺が好きだと告白した時、彼はまだ俺に対して恋という道を考えていなかったのだと言った。

けれど俺の告白を受けて、いままで可愛いと思っていた気持ちが恋に転じることに支障がないことを確認した。

だが俺が初恋だと言ったから、そこまでは考えていないと言ったから、我慢したのだと。

「俺はいい歳だからな、恋を自覚すればセックスを望む。だがキス一つで狼狽《うろた》えて顔を赤くされる相手をベッドへ押し倒すわけにはいかないだろう」

だからからかうだけで我慢していたのだと。

だから俺がもっと積極的になるのを待っていたのだと、言った。

「なのにその目の前でお前はどんどんと倉敷と仲良くなってゆくから、お前に好きだと言わずにいてよかった。お前が女を取るのが当然なんだと言い聞かせてたところだ」

シャツのボタンを全て外してしまうと、彼の手は躊躇《ちゅうちょ》なくベルトにかかり、それも外してしまうとファスナーを引き下ろした。

戸惑いなんてない。

まるで決められた手順を踏むように、俺を剝いてゆく。

「倉敷がお前にコーヒーを運んでくる度に、嫉妬してたくらいだ」

「あれは…、あなたに運んできてたんです…」

「お前に先に渡してただろう」

「だって、好きな人に先に渡したらあからさますぎるじゃないですか。俺はダシにされてただけです」

抵抗をする気はないけれど、自分がどうしたらいいのかわからなくて、ただ仰向けに引っ繰り返ってるだけだ。

「あなたが好きだから協力して欲しいって持ちかけられて…、俺も好きだから無理だって断ったら、フェアに勝負しようって…」

「倉敷は男前だな」

抵抗がないのをいいことに、手はすぐに下着も引き下ろして俺のモノを引っ張り出した。

触れられただけで、元気になってしまう自分が恥ずかしくて顔が熱くなる。

「萎えてると思ったら、立派になるじゃないか」

「…そりゃ男ですから。好きな人に触られれば…」

「他人が触るのは初めてか？」

「当たり前です」

「だな、皮付きだし」

「う…」

言葉に煽られて、刺激も受けてないのにどんどんと硬くなる。

軽くでも、彼の手に握られると腰が疼《うず》いた。

「どんどん硬くなってくぞ」

「言わないでください…。経験ないんですから、ちょっとだけでもダメなんです」

「引っ張り出しただけで？　これからもっとすごいことをするのに？」

「何してもいいですよ。何をされても嬉しいだけだから…」

「後悔するなよ？」

指がそこに絡み付き、軽く握る。

「…んっ」

「惚れたヤツのモノだと思うと、案外抵抗はないもんだな」

「ち…はらさんは男の人、初めてですか…？」

「女は抱いたがな。だが、お前で抜いたことはある」

「俺…で…？」

「俺の頭の中では、結構なことをさせられてたぞ。俺はお前ほど純真じゃないから、想像もエゲツない」

「どんなことを…」

「今から実践してやるよ」

俺を見下ろしていた千原さんが身体を屈め、握っていた俺のモノに顔を寄せた。

「ち…、千原さん…？　…あ…ッ！」

驚く間もなく、口に含まれる。

熱く湿った感触に包まれると、そこは更に硬さを増した。

千原さんの口が、俺を咥えてる。

そう思うだけで、悦すぎて死にそうだ。

「…ん…っ、ん…」

俺のモノを咥えたまま、彼は器用に俺のズボンと下着を更に引き下ろした。

半分ほど下ろされたところで、自分も足を擦り合わせるようにしながら足を抜く。でもそれが精一杯だった。

初めて与えられる快感に呑まれて、声を上げないようにするのが精一杯だったから。

自在に動く舌に翻弄《ほんろう》されて、もう我慢できないほど高まってくる。

「…っふ…」

この人が男が初めてなんて嘘だ。

嘘でないなら、女性を抱いた経験が俺なんか想像がつかないほど豊富なのか、男同士のやり方を本当に調べてくれてたか。

とにかく、上手かった。

他人に抱かれるのが初めてでも、それはわかった。

だって、与えられるものは快感しかない。

屹立《きつりつ》した俺のモノを手で支え、先端を舌でねぶりまわす。鈴口をたどったかと思うと軽く歯を当て、強く吸い上げる。

自慰行為ぐらいはする。

でも自分の手でするときとは全く違う感覚だ。

「や…、ちは…」

手足が痺れてくる。

背筋がざわざわとして、寒くもないのに鳥肌が立つ。

「あ…っ」

けれどすっかり俺が張りきると、止めてと言う前に彼は口を離した。

危なかった。

あと少しでも続けていられたら、彼の口に放っていたかも知れない。

脈動する全身を持て余しながら目を向けると、千原さんは口を手の甲で拭いながら身体を起こしていた。

「これだけ勃たせとけば萎えることもないだろう」

萎えるわけがないのに、と思っていると彼はそのままキッチンへ向かった。

何をするつもりなのかと思って、火照《ほて》る身体を持て余しながら待っていると、千原さんはすぐに戻ってきた。

「料理好きだからあると思ってたが、あってよかった」

と言うその手には、オリーブオイルがあった。

「男同士なら別に挿れなくてもいいようだが、お前が女に行かないように俺を覚えさせてやる」

「挿れ…る…んですか？」

目が、オリーブオイルのビンから離せないでいると、彼が気づいて笑いながらそれを振った。

「怖いか？」

「…いいえ」

「なら俺を満足させろ。お前が逃げ出したくなっても、俺は逃がさないからな」

「…逃げるなんてあり得ません」

「そいつはよかった。俺も我慢できなくなってるからな」

目の前に立った千原さんが、オイルのビンをテーブルの上に置き、ズボンの前を開ける。ファスナーを下ろすと、中からは大きく張った彼のモノが現れる。

「引くか？」

確かめるような訊き方に、俺は首を横に振った。

「見たことがないわけじゃないですから、引いたりしません」

「見た？　ああ、トイレか？」

「いえ…」

「じゃあサウナの時か」

「覚えてたんですか？」

「覚えてるさ。まだ惚れてたわけじゃないが、お前がナンパされてムカついた」

「俺…、あの時に男の人と恋愛できるんだって思ったんです。抱き寄せられてドキドキして、千原さんと恋愛したいかもって…」

それを聞いて彼は笑った。

「じゃああの男に感謝だな」

あの時は直視できなかったけれど、今は目が離せない。

思わず唾を呑むと、その音が大きく響いて恥ずかしくなる。

けれど彼はそんなことに気づいてもいないのか、そのまま俺の前に座った。

「脚を開け」

言われた通り前に投げ出していた脚を開く。

ギリギリのところで放置された股間は痛むほど張り詰めていたが、勝手にイクこともできなかったから、正直早く彼に何とかして欲しかった。

「そのまま上を向いて力を抜いてろ」

浅い呼吸を繰り返しながらその体勢で待っていると、彼の手がぬるりとした感触を纏って俺の太腿に触れた。

これは…、オリーブオイル？

「あ…」

ぬるぬるとした感触を塗り広げるように、手のひらは脚の奥を弄《いじ》り、そのまま最奥に触れた。

「ここに挿れるから」

と言いつつ指が襞《ひだ》を撫でる。

力を抜くべきだとわかっているのに、力が入ってきゅっと窄《すぼ》めてしまう。

「力を抜け」

もう一度言われるから、俺は呼吸を整え、何とか力を抜こうとした。

だが自然と力が入り、結果ヒクつくようにそこが収縮する。

「あ…ぁ…」

指が、入ってくる。

もっと抵抗があるかと思っていたのに、オイルの滑りを借りてするりと入ってきた。

どれほど深く入ってきているのかわからないが、異物を咥えさせられただけで奇妙な感覚に襲われる。

「…千原…さ…」

抵抗を受けながら指がだんだんと内側を目指してゆく。

ある程度入ると、指先は微妙に動き始めた。

「や…っ、ちは…さ…」

彼が離れて、少し萎えていたモノがまた起き上がる。

経験のない自分には刺激が強すぎて、もう我慢ができなかった。

「前…、もう…」

思わず手で前を押さえると、自分の手でさえも刺激になってしまう。

「自分でしてみろ、見ててやるから」

「見てるって…」

「お前が一人でどうするか、見ててやる」

「そ…んな…」

「俺は単なるスケベオヤジだからな。幻滅するか？」

「やる気がなくなったから…、自分でやれって言うんじゃないですよね…?」

「そんなもったいないことするか。お前のイイ顔を見たいだけだ。それに一度イッた方が受け入れやすくなるそうだぞ」

「俺の…シテる姿なんて…」

「手を動かせ」

彼の言葉に力があるかのように、手が動き出す。

彼の指を中に咥えたまま、自分で自分のモノを扱《しご》く。

恥ずかしくて、千原さんを見ることはできなかったが、彼が自分の恥ずかしい姿を見てると思うと、それだけでいつもよりも早く快感がやってきた。

「や…、見ないで…」

これは自分の妄想じゃないよな?

千原さんは本当にそこにいるんだよな?

疑いつつも確認することができない。

自分の浅ましい姿を見る彼の姿を見てしまったら、羞恥で死んでしまいそうで。

「千原…さ…」

さっき舐められた時の感触も忘れられず、中の指の動きも促して、あっと言う間に絶頂に襲われる。

「あ、あ…っ」

堪えようとしても堪えられず、彼の指を強く締め付けたまま、俺は射精した。

「あ……」

ドクドクと溢れ出す自分の熱。

もっと我慢できると思っていたのに…。

「いい顔だ」

吐き出すものを吐き出して、肩で息をしている俺の身体に、指は深く突き刺さった。

「あ」

気を抜いていたからか、イッてしまって筋肉が弛緩《しかん》していたからか、オイルのせいか、指が内臓に届いているのではないかと思うほど深い。

もちろんそんなことはあるわけないのだが、外から侵入されることがない場所は、それくらい敏感だった。

「あ…」

まだ残滓《ざんし》の残る身体は過敏で、若さもあってまたすぐに硬さを取り戻す。

「や…」

言葉にならない声が、ひっきりなしに溢れてくる。

「ん…っ、あ…っ」

まだ汚れている俺を再び彼が咥え、中の指を激しく動かす。

「だめ…っ、きたな…っ」

何かに縋《すが》りたくて、手が虚空を掻き毟《むし》り、彼の頭に触れる。

摑んでいいのかどうか悩んでいる間にも、快感は大きくなり、堪らなくなって彼の頭を抱き抱える。

「や…、い…、また…っ」

中で動くだけだった指が、やがて抜き差しを繰り返す。

最初はゆっくりだった動きが、やがて激しくなってゆく。

まるで俺の零した雫《しずく》を舐め取るようにしていた口が離れ、視界に千原さんの顔が入ってくる。

彼の顔は少し怒ったように無表情だった。

睨むように目を細め、彼もまた肩で息をしている。

「花川」

掠れた声。

ギラついた目。

「ぐちゃぐちゃになるまで、お前を犯したい」

「そそられたよ。お前が懸命に俺への恋を告白して始まった恋なら、今度は俺が年甲斐もなく言ってやる」

真っすぐに俺を見る目。

「即物的すぎるが、肌を合わせて我慢できなくなった。お前の全てが欲しくなった。逃げても、引き戻して繋ぎ留めるから覚悟してろ」

「逃げたりなんて…」

追いかけたのは俺なのに。

逃げるわけがないのに。

「覚悟も問わない。俺を受け入れろ」

指がずるりと引き抜かれた。

次に来るものを予感して、胸が高鳴る。

右の脚が、膝裏を持って抱え上げられ、彼の肩に乗る。

「う…っ」

指とは違う肉の塊が、そこに押し付けられる。

オイルのせいか、固く閉じた入り口のせいか、それはすぐには入ってくることができず、何度も擦り付けられた。

やがて先端が合わさるように俺の中心に吸い付き、ゆっくりと中を目指す。

繋がる場所を、見ることはできなかった。

俺の目に入るものは彼の顔だけだった。

いつも飄々《ひょうひょう》として、時には優しく、時には怖く。それでもいつも一歩前をゆく余裕のある顔をしていた千原さんの顔が、苦痛に耐えるように歪む。

「…痛ッ…」

肉を押し広げて、入って来るのと同時に、その表情が益々険しくなる。

「キツイな…」

彼が優しくして、俺が恋をして、彼が求めてくる。

攻守形を変える度、深さが増す。

その最終形態だというように、痛みを伴って彼が俺を求める。

「は…ぁ…。あ…」

上着は脱いでいたけれど、ワイシャツはまだ羽織っていた彼の背に手を回す。

シャツが上手く摑めなくて、伸ばしていない爪を食い込ませるように力を入れる。

圧迫感が喉まで溢れ、声を取り上げる。

息をする度、小さな母音が零れ出る。

痛みの方が強くて、快感は薄かった。

それがわかったかのように、千原さんは身体を進めながら俺の前を握った。

「あ」

さっきより少し乱暴に、手が俺を扱く。

局部を弄られると痛みは消えなくても快感は溢れた。

見られながら自分でしたのとは違う、切ないようなもどかしいような波に全身が浸される。

もっと、して欲しい。

初めてでこんなことを思うのはおかしいのか、初めてだから思うのか。何かが足りないみたいにイくギリギリのところで痛みに弄《もてあそ》ばれている。

この痛みで集中できないのだろうか？

心はこんなにも彼を求めているのに。

千原さんが身体を前に倒し、俺の顔の横に手をつくから、繋がったままの腰が浮いた。

「あ…」

彼が深く入ったかと思うと、腰を引かれて抜けてゆく。

止めてしまうのかと思った瞬間、また彼が身体を進め、深く貫く。

ゆっくりと抜き差しを繰り返し始め、それがだんだんと速くなってゆく。

痛みは消えていないのに、身体が慣れてくるから、その動きに合わせて、自分の筋肉も痙攣《けいれん》を始める。

追い詰められて、呼吸が激しくなり、開きっぱなしの口が乾き、喉が痛んだ。

「…花川」

名前を呼ばれて、目眩《めまい》がした。

彼の声が、感覚を呼び覚ます。

「や…」

激しく突き上げられ、前を扱かれた時とは違う疼きが腰の奥に生まれる。

怖い。

今まで感じたことのない快感が怖い。

「やだ…っ」

俺は彼にしがみついていた手を離し、胸を押し戻した。

「花川」

「いや…っ、変だ…。違う…」

「感じるのか？」

「止めて…っ。俺…、おかしい…」

「止められるか」

前を握っていた彼の手も、動きを速める。

中で動く彼のモノが、快感の中枢の傍《かたわ》らを彷徨っている、そんな感じだ。そしてそれは時々そこに隠れているスイッチを掠めてゆく。

その時に、鳥肌を立てるような、筋肉を収斂《しゅうれん》させるような、快感を呼ぶのだ。

もしそのスイッチが入ったら、自分がどうなってしまうかわからなかった。

痛みでイけなかったもどかしさより、体験したことのない快感でイッてしまう恐怖の方が、嫌だった。なのに千原さんは動きを止めず、俺を求め続けた。

「…怖い」

本音を伝えて止めてもらおうと思ったのに、それを聞くと彼は困ったように、それでも嬉しそうに笑った。

「相手が俺でもか?」

その問いに答える前に、彼のモノが俺のスイッチに当たった。

「あ…ッ!」

瞬間、脊髄を甘い痺れが駆け抜け、彼の手の中にあった自分のモノがぶるっと震えた。

彼を受け入れていた入り口が窄まり、食いちぎらんばかりに締め付ける。

だからわかってしまったのだろう、そこがマズイと。

「うっ…、う…。ん、っあ」

同じ場所を狙って何度も貫かれる。

それに合わせて声が押し出される。

何度目かの突き上げで、終に俺はその恐怖に呑み込まれた。

「あ…、ああ…っ!」

全身が痙攣し、彼のシャツを強く摑み、上げる悲鳴。

解放感とともに己の腹に感じる吐き出された液体。

「やぁ…っ」

二度目の絶頂だった。

先の一度目とは比べ物にならないほどの、快感だった。

頭が真っ白になって、視界が明滅するほど。呼吸をすることを忘れながら、全身で心臓の鼓動を感じるほど。

「若いな」

けれど、まだ彼のものは俺の内側にあって形を失ってはいなかった。

「今度はもう少し我慢しろ」

千原さんはそう言うと、俺の胸に触れ、そっと撫でた。

朝はまだ遠いと言わんばかりに…。


「ごめんなさい」

呼び出した喫茶店。

頭を下げただけで、倉敷さんは何かを理解したように、深く長いタメ息をついて椅子の背もたれに身体を埋《うず》めた。

「…応えてもらったんだ」

そしてその『何か』を口に出して確認する。

「千原さんの恋人は、俺です」

ごまかすことはしたくなかった。

自分のためにも、千原さんのためにも、彼女のためにも。

「…そうなるんじゃないかとは思ってたのよ」

「本当に？」

「言ったでしょう？　千原さんと話をすると、あなたのことしか口にしないって。それに、本人気づいてないみたいだから言わなかったけど、あの人時々あなたのことじっと見てたし」

気づかなかった。

見てるのは俺だけだと思ってたのに。

「それでも、あれは後輩の仕事っぷりが心配だから見てるだけだって言い聞かせてたの。花川くんに偉そうなこと言っても、心のどこかで男の人に取られるわけがないって思って。でもやっぱりこうなっちゃったのね」

千原さんが俺を選ぶと思っていた、というのは彼女の負け惜しみでも何でもなく、本当のことなのだろう。

恨みつらみもなく、今倉敷さんの顔に漂うのは諦めだけだったから。

「それで？　好きってちゃんと言ってもらえた？」

「倉敷さん」

「私には聞く権利があるわ。キッパリスッパリ終わらせてくれないと」

「…言ってもらいました。俺が子供だから我慢してただけだったって」

彼女に心を残されては困るので、俺は正直に答えた。

仕事を続けた徹夜明けの身体なのに、彼は自分を上手くコントロールして、何度も俺を求め、貫いた。

我慢した分酷くすると言っていた言葉を現実のものにした。

ただ俺はそれを酷いとは思わなかったけれど。

彼の凄いところは、グダグダになって眠りこけた俺を置いて、ちゃんと夕方には山本さんとの打ち合わせに出て行ったところだ。

口癖のように歳だからとか言うけれど、全然体力がある。

引き締まったあの身体に見合うほどに。

「…仕方ないわね」

彼女はもう一度タメ息をついた。

「これが花川くんじゃなかったら、邪魔してでも奪い返しに行くところだけれど、もう私、あなたのことも好きになっちゃったから、花川くんから千原さんは取り上げられないわ。それに、奪える自信もないし」

「俺も、倉敷さんのこと、好きです。本当のお姉さんみたいで」

「やめてよ、弟に恋人を取られたなんて思いたくないもの。私達は友人よ、それでいいわ」

「倉敷さん…」

「まあ、何か困ったことがあったら、また相談には乗るわ」

「俺も何でも相談に乗ります」

「本当に…？」

俺の言葉に、彼女はグイッと身体を起こした。

その顔はいつもの強気の彼女の顔だ。

「…できることなら、ですよ？」

「もちろん、できることよ。頼みたいことが二つあるの」

「何です？」

「一つは簡単よ、私に料理を教えて」

何だ、そんなことか。

「いいですよ、何時でも。で、もう一つは？」

ついさっき、諦めたように疲れた表情を見せていたのに、彼女の目がイタズラっぽくキラキラと輝く。

「暫く虫よけになって」

「虫よけ……？」

「そう。花川くんって、結構社内の女子にポイント高いのよね。だから、あなたが私の恋人ってフリをして」

「年下は対象外じゃないんですか？」

「ホントに恋人になれって言ってるわけじゃないわよ。ただ、フリをしてくれるだけでいいの。それに、私を恋人にすれば花川くんだって千原さんとの仲を疑われないでしょう？　もし社内でイチャイチャしてるところを見られても、私の恋人なら疑われないわ」

「社内でイチャイチャなんかしませんよ」

「告白してないんだから、八つ当たりなのはわかってるけど、私達がこんなに悩んでたのに、千原さんだけ無傷ってのはシャクじゃない。花川くん達はいいわよ、お互い恋人が手に入ったんだから。でも私だけ悩み損は悔しいじゃない」

いやでも、一応千原さんも我慢して、妬いてくれてたのだ。

…倉敷さんには言えないけど。

「だから、千原さんにも少し気を揉ませてやるのもいいじゃない。それで終わりにしてあげる。暫く花川くんは私の恋人、文句言わせないわよ」

それが彼女のささやかなウサばらしなら、付き合うしかないだろう。

だって、俺は欲しかったものを手に入れたのだ。

「…わかりました。付き合います」

幸せだから、これくらいのことは協力しないと。


「お前は俺を振り回してみたいらしいな」

たとえ千原さんにそんな一言と、冷たい睨みを受けてしまったとしても…。

ターン・アラウンド・タイム

TurnAroundTime

CROSS NOVELS

アルバイトで入ってきた青年を見ても、俺はこれっぽっちも期待をしていなかった。

今まで大学生のアルバイトは何人も雇ってはみたが、九〇パーセントの確率でハズレクジだったからだ。

花川夏生《はなかわなつお》という青年も、どうせ長続きはしないだろうと思っていた。

顔はまあいい方だろう。目が大きいが、幼いというわけではない。骨格はしっかりしているし、鼻筋も通っている。

背は高からず、低からず。筋肉は、何か運動でもやっているのか、無駄なく付いていた。

肉食獣の子供みたいだ。獣だろうと、男だろうとは思うのだが可愛いと思ってしまう。

だがこの花川、意外にも使える人間だった。

まだ若いのに礼儀は正しいし、社会常識も身につけている。年上の人間と話すことも物怖じしない。

仕事の知識はなかったが、人のいやがるような簡単な仕事をずっとさせていても文句も言わず、丁寧《ていねい》だった。

知らないはずの知識も着々と身につけ、アルバイトでなかったら、このまま俺の下に付けてくれと頼みたいところだった。

「千原《ちはら》さん」

と、自分を慕ってくる姿も可愛かった。自分で言うのも何だが、愛想のない自分は年下の者にはあまり懐かれなかったので。

だが彼に徹夜仕事を手伝わせた後、始発も動いていないからと近くのサウナに連れて行ってやった時、あのバカはまんまとホモの毒牙にかかりそうになっていた。

自分も気を付けてやればよかった。

明け方のサウナがハッテン場になってることぐらい察しがついたはずだ。この俺でさえ声をかけられたことがあるくらいなのだから。

花川は男に手を握られ、尻尾を丸めた犬のように怯《おび》えた目でこっちを見ていた。それくらい自分で振りほどけとも思ったが、その勇気を待つよりも、その行為を止めさせたい自分の気持ちの方が強かった。

「悪いな、これは俺のだ」

と言って抱き寄せた時、心のどこかでそれが本音であることに気づいていた。

好きとか愛してるとかいうのではなく、『これは俺のもの』という感覚があったのだ。

ずっと面倒を見てきて、これからも面倒を見てやりたい。この手で一人前にしてやろうと思っていた大切な部下を、そこらのホモの遊び相手にさせるものか。

花川は、自分の危機の種類も知らないような天然だったし、俺もこの歳まで男に食指を動かしたこともないノーマルな性癖だったので、恋は意識しなかった。

だが、それを意識させたのは、他ならぬ花川自身だった。

「卒業したらうちにくればいい」

と誘いの言葉をかけて、受けさせた入社試験。

合格させるなら、俺の下に付けてくださいと人事に言っておいたので、本人よりも早く彼が合格していることは知っていた。

だから、彼から電話がかかって来た時、てっきりその報告だと思っていた。

『どうも、夜分にすみません。花川です。今、お時間よろしいですか？』

で始まった会話。

単なる合格報告だと思っていたのに、花川は突然言い出した。

『…あのですね。実は、就職するに当たって、一つだけ千原さんに訊いておきたいことがあるんです』

改まって訊くから何かと思えば、突飛なことを言い出した。

『実は…、俺は千原さんが好きなんです』

「ああ、俺も花川は気に入ってるぞ」

『違います。俺が言ってるのはそういう意味じゃありません』

「花川？」

『俺は…、千原さんに恋をしてるんですけど、そんな気持ちのまま『レゾナンス』に入社して迷惑にならないでしょうか』

恋、と言ったのか？

俺と花川の間に恋？

『もちろん、千原さんにも恋をしてくださいというわけじゃなくて、ただそういう気持ちを持ってる人間が側にいても気持ち悪くないかっていうことで…』

確かに、花川は可愛い。

他の者に取られたくないという独占欲はある。

だが俺と花川の間に恋愛？

『…千…原さん？』

そこまで考えて、はたと気づいた。

天然な花川のことだ。俺の考える恋愛とこいつの考える恋愛は違うのかも知れない。

俺としてみれば、恋愛を考えるのならば次はセックス、ベッドインだ。だがこいつの恋愛は、マンガみたいにお手々繋いで楽しい時間を、なのかも知れない。

「俺は気づかなかったんだが、お前はその…、そっちの人間だったのか？」

試しにそう聞いてみると、返事は思った通りだった。

『…多分違うと思います』

「多分ってのは何だ？」

『俺…、今まで誰かにこんなこと言ったことなくて…、多分これが初恋だと…』

…初恋。

今年大学卒業なら、もう二十一ってことだろう。二十歳《ハタチ》を過ぎた男が、初恋だなんて。

やっぱりこいつの『恋』は俺のとは違う。何かを誤解しているのかも知れない。

「じゃ、女もイケルかも知れないんだな？」

『かも知れません。でも、他の女の人を見てるより、千原さんを見てる方が好きです』

見てるのが好き、というのはどういう意味だ？

俺の外見が好きとでも言うのか？

「つまりお前は、俺とそういう関係になりたいってことか？」

更に突っ込んで聞いてみると、返って来たのは子供のセリフだった。

『そこまで大それたことは言いません。ただ、あなたを好きなままで側にいてもいいのかどうかだけ、教えて欲しくて…』

好きでいるだけでいい。

そんな簡単な気持ちか。

俺は近くにあったタバコに手を伸ばし、一服つけた。

俺は…、恋をするなら相手を手に入れたい。花川と、そういう意味で恋愛ができるかと問われているのなら、イエスと言えるかも知れない。

だが相手にその考えがないのなら、自分から恋愛に踏み切ることはできなかった。

手を出した途端、そういう意味じゃなかったんですと逃げられるのは御免だ。

「お前、男同士で恋愛するって意味がわかってるか？」

『初心者なので、まだよくは…』

何だかなあ。

「じゃなんだって俺が好きだなんて言い出したんだ？」

『千原さんのことはずっと前から好きでした。頼りがいがあるし、強いし、仕事もできるし。憧《あこが》れの人でした』

やっぱりその路線か。

「…そいつはありがとう。だがそれなら…」

『はい。それならそこまでの話だと思います。でも以前、千原さんが俺にパソコンを教えてる時に、後ろからぴったりとくっついて来た時があったでしょう？』

「…何度かな」

『はい。それで…ドキドキしたんです』

「ドキドキ？」

『体温が上がったっていうか、汗が出て、緊張して…。ゾクゾクしたっていうか…』

「勃《た》ったのか？」

子供の告白に面倒になって、ズバリ切り返す。

『そ…こまでは…』

照れた声だが、何言ってるんですかとは言われなかった。

「それなら思い込みってこともあるかも知れないな？」

何事も起きない方向へ水を向けると、花川は渋々と認めた。

『…はい』

「俺に何をして欲しいってことはないんだな？」

『はい』

「ただ好きでいたいってだけか？」

『はい』

花川のことは、ずっと可愛いと思っていた。

彼に好かれるのは嬉しい。

ただそれだけでいいだろう。

「ならいいんじゃないか？」

『…え？』

「お前が俺を好きでも、別にかまわん。特に俺に何をしてくれってこともないんだろう？」

『はい』

「俺もお前のことは気に入ってるし、嫌われるよりずっといい。真面目に仕事してくれるなら問題はない。安心して就職しろ」

『い…、いいんですか？』

「ただし、もう一度ちゃんと考えてみるんだぞ。この歳で初恋だとか言うくらいだ、お前は恋愛に疎《うと》いのかも知れない。いや、疎いんだ。だから誤解ということも含めて、考えるんだぞ」

『はい』

「月曜からはまたバイトがあるんだから、頑張れよ」

『はい。ありがとうございます。失礼いたしました』

電話を切ってから、俺はタメ息をついた。

俺に恋、か。

何だってそんなことを言い出したのか。元々ゲイだってことじゃないのなら、女に対するトラウマでもあるんだろうか？

今のがもし、『抱いてくれ』という告白だったら、俺はどうしただろう？

男を相手にしたことはないから、考えさせてくれとは言うかも知れないが、絶対に嫌だとは言わないかも知れない。

今時珍しいほど純真な青年だと思っていた。

色気を感じたことはなかったが、手元に置きたいと思わせるほどの好意はある。

「恋ねぇ…」

最後にそんな単語を使ったのは何時だったろう。

若い頃はそれなりの付き合いをした相手もいたし、遊びもした。だが今では面倒で、そんな相手を欲しいとも思わなくなってしまった。

もし今恋愛をするのなら、仕事のことを理解し、文句を言わず、メシが美味くて自立している相手がいい。

だがそんな女は滅多にいないだろう。

…男という点を除けば、花川が当てはまってしまうのが、何となく問題だが。

とにかく、彼が自分を好きだというのなら、それはそれでいい。あの様子では、特に深く考える必要もないから、このままでいればいい。

俺は花川の告白をそんな程度にしか受け止めていなかった。

いや、その程度のつもりだった。


だがその日以来、俺は花川の態度を気にするようになってしまった。

彼が自分に向ける視線、手が触れると緊張する態度。ちょっと優しくしてやるだけで、喜びを隠しきれない顔をする。

こいつ、本当に俺が好きなんだな。

たとえどんな意味であろうとも。

もしも、俺もお前が好きだと言ったら、どんな顔をするだろう？

手を握ってやったら、背中から抱き締めてやったら、その唇にキスしてやったら…。

好きと言うだけ言って、何のアクションも起こして来ない花川に、興味と、イタズラ心と、軽い焦燥感《しょうそうかん》を感じる。

見え見えの態度で『好きです』と言うのなら、もう少し何とかしてみろ。

こっちはいい歳だから、自分から動くには臆病になってるというのに。若さってのは、無鉄砲さが取り柄だろう。

それとも、それがお前の手なのか？

いや…、そんなことはないだろう。

この歳で初恋とか言ってる男が、駆け引きを考えるとは思えない。

ではやはり思い違いでしかなかったのか。

彼の複雑な家庭事情を知った時、俺はその思いを強くした。

小学校の担任と母親の不倫、両親の離婚、父親と離れて祖父母と暮らしながらその祖父を亡くし、伯父には引き取ってもらえなかった。

そんなヘビーな過去があるとは思えない明るい性格故に、彼が手に入れることができなかった男の保護者を欲しがっていたのではないか。それを恋と言っただけではないか、と。

けれど花川はそれを指摘すると、膨れた顔で文句を言った。

「俺は千原さんのことを父親とか、それに似たものだなんて思ったことは一度だってありませんよ」

それだけではない、ほんの少しだけだが前進する言葉も口にした。

「俺は今だって、千原さんにキスしたいとか、そういうこと考えてるんですから」

ほう、ついにキスまで来たか。

何にも考えてないみたいなことを言ってたが、その気になってきたのか。

しかも挑発するように、ファースト・キスもまだのクセにキスしてくれなどと口にするから、悪い気が起きた。

自分にとって、キスなんて大した意味はない。飲み屋の女とだって、しろと言われればできてしまうようなものだ。

欲しいと言うならくれてやる。

手を伸ばし、抱き寄せる頭。

近づく顔は男のものだが、気持ち悪いとは思わなかった。

何が起きたのかわからないという顔に唇を重ねる。

男でも女でも、唇の感触なんて大した差はないもんなんだな。

触れた瞬間、唇の奥の熱を求めたいという気持ちが湧いてしまうから、慌《あわ》てて離れた。

さて、どうする？

本当にキスされたら、こういうことがしたかったわけじゃないと言うか？

花川は驚いていた。

自分は男なのにいいのかと訊いた。

男でも女でも大した意味はない、キスなんて簡単なことだと言うと、俺をズルイと糾弾した。

そして、キスしてもらって得をしたと思うことにするなどと嘯《うそぶ》いた。

「じゃ、今度からお前に何か頼む時にはキスと引き換えにするか」

と煽ると、更に開き直った。

「いいですね。じゃ、期待してます」

無理をしているのがよくわかる顔で。

可愛すぎるだろう。

今すぐにでも、もう一度抱き寄せて、今度は腰が抜けるようなキスをして反応を見てみたい。

押さえ付けて、大人の恋愛の結果を見せつけてやりたい。

だがそれはできなかった。

彼は子供で、自分は大人だから。

こういう時には大人が我慢するものだ。

早く、早くキスだけで満足できなくなるほど、俺に惚れろ。

もっと生々しい感情を、欲望を、俺に向けてみろ。

その考えを持った時点で、俺は花川に惚れた自分を自覚した。

ワナに嵌《は》まったように、告白されて意識し、見え見えの態度に誘われた。子供と思ってはいても、本当の子供なわけじゃない。俺の欲望を満足させられる相手だということが、本格的な恋愛感情へと背中を押した。

だがこっちが何度キスを仕掛けてやっても、ただそれだけ受け取って満足していたり、特別に目をかけてやっても　ただ優しくされた部下という態度しかとらない。

こっちがその気になってやったというのに、花川は相変わらずの天然で動く気配もない。

それどころか、社内でも美人と評判の倉敷《くらしき》と親しくし始めた。

やっぱり女がいいのか。

こっちをその気にさせておいて、今更女とくっつこうっていうのか？

ペット扱いだ、弟扱いだといっても、相手が本気でそう思ってるかどうかわからない。

既に携帯のアドレスまで交換して、一緒に食事にも出掛けているらしい。

手作りの弁当を持ってきてるから、こっちは昼メシに誘いたくても誘えないっていうのに。

どこまで親しくしているのかを確かめるために、仕事にかこつけて倉敷を呼び寄せてみれば、面倒な仕事相手に口説かれる倉敷には心配したり、彼女を褒めたり。一人前の男として見られないことを嘆いたり、俺をライバルとして意識してるようなことさえ口にする。

従兄弟が結婚するだの、祖母さんに孫を見せるだのと言う始末。

メシに誘って、これからも誘ってやってもいいんだぞと言ってやったのに、「お金が続かないからいいですよ。食材も余っちゃうし」と断られた。

テーブルの下、誘うように軽く当てた靴先にも、気づいたのか気づいてないのか、足を引っ込めてそれっきりだ。

こうなると、もう『あれは間違いでした』と言われるのも時間の問題だろうと腹をくくらざるを得なかった。

倉敷の方にもそれとなく探りを入れてみたが、花川に対する感情は悪くないようだった。

人をその気にさせておいて、と腹も立たないではないが、仕方がないのかも知れない。

「倉敷は男っぽい性格だが、頼りになりそうな女だな」

お前は倉敷を選ぶのか？

「ですね。…千原さんも、お嫁さんにするならああいう女性がいいですか？」

心が揺れているのか？

「そうだな、いいんじゃないか？」

嫁、という言葉を否定もしないのか。

「お前もそうだろう？」

「そうですね。きっと小倉さんもそうですよ」

「ライバルは小倉か」

「大変ですね」

ごまかすように言っても、他の男に対しても警戒してることを漏らすほどになれば、もう決まりだろう。

自分は大人だから、我慢するしかない。

花川から始まったことだから、花川がつける決着を受け入れるしかない。

偶然、仕事がこじれて二人きりになるチャンスができた時、俺はそのことを探るチャンスが来たと思った。

花川狙いの倉敷が手伝うというのを排除し、話し合いの時間を作る。

そこで花川はついに動いた。

「よかったら、俺のアパートで一杯飲みませんか？　山本《やまもと》さんに対するウサばらしもあるし、…話したいこともあるので」

来た、か。

「そろそろ俺も話をされるだろうと思ってたところだ」

どんな答えが出ても、受け入れてやろう。

自分から行動を起こさなかった俺が悪い。

彼が好きだと言ってきた時、様子など見ずに、幼さを無視してでも手を出してしまえばよかったのに、臆病にも我慢し続けた自分が。

初めて訪れた花川の部屋、彼らしい質素で片付いたその狭い場所で、最後の晩餐《ばんさん》。

「俺に告白したことなんて、ほんの気の迷いだ。男親を求めていただけに過ぎんさ。心変わりしてくれなんて言わなくたって、お前の幸せのために、全部なかったことにしてやるよ」

せめて最後だけでもこっちから、と思って口にした言葉に、花川は怒りを見せた。

「…酷《ひど》い」

「花川？」

「俺は…、俺はあなたが好きだって言いましたよね？」

「だからそれは忘れてやる」

「何故《なぜ》忘れるんです？　忘れてなんか欲しくない。本気で好きだって、好きになってくれなくてもいいから好きでいさせてくださいって言ったんですから」

そして倉敷が俺狙いだと、彼自身はまだ俺のことが好きなのだと言った。

「倉敷さんのことは友人としてしか好きじゃない。俺が欲しいのはあなただ。何度でも言ってやる、信じてくれるまで繰り返してやる。俺の言葉が届かないんなら、行動で示してやる」

と俺を押し倒した。

花川の方が年下だから、てっきり女役なのかと思っていたが、まさか俺が下…？

「俺を…、抱くつもりか？」

少し焦《あせ》って問うと、幸いにもそれは否定した。

「そんなわけないでしょう、でもあなたに抱かれたいとは思ってます。どうせあなたはその気にならないでしょうけど、今夜はダメ元で抱いて欲しいとせがむつもりであなたをここへ誘ったんですよ。俺は…、あなたが倉敷さんを好きになったんだと思ってたから。もう自分のことは諦《あきら》めてくれと言われる前に、せめて一度だけでも、俺を抱いて欲しいって。キスしてくれたように、ご褒美でもいいから、餞別《せんべつ》でもいいから、抱いて欲しいって…」

そして終《つい》に、待ち望んでいた言葉を口にした。

抱かれたいか。

抱かれるということを意識したか。

俺を求めているのか。

それならば、何を我慢する必要がある？

今までずっと、その身体を貪《むさぼ》ることを考えていた。

キスして、その肌を求めたいと思った。

男同士のセックスの仕方まで調べて、獲物が手に入る時のことを考えていた。

その全てが、解禁になった瞬間だった。

押し倒し、触れる身体。

引き締まった筋肉に触れ、肌を求める。

服を着た花川を可愛いと思ったり、その気になったりはしたが、裸体の彼を見たらどうなるか、自分にも自信はなかった。

だが脱がせて性器に触れた時、そんな心配は吹っ飛んだ。

こちらに反応し硬くなり始めた花川のペニスを、もっと苛《いじ》めてやりたい。

まだ誰にも触れさせたことがないという身体に自分を刻み込みたい。

彼を抱くことを妄想したことがあった。

シャツを引き裂き、思う存分ブチ込んで、いい声を上げさせ、もうダメと言う身体を支配することを。

それが今、現実となる。

女にするように全身を愛撫し、彼のイチモツを咥《くわ》えてやる。

口の中でどんどん硬さを増すソレは、やがて我慢できずに滴《しずく》を漏らした。

俺で感じるか。

欲情するか。

我慢できないほどか。

男同士でも、必ず挿入しなければならないというわけではない。素股でヌくだけでもいい。握り合ってイくだけでもいい。その方が身体に負担はないことはわかっている。

だが、俺は我慢ができなかった。

ここでまだいい大人ぶって我慢をしたら、その間に誰かに横から攫《さら》われるかも知れない。

一番先にたどり着いたのなら、一番先に痕を残すのが当然だろう。

逃げられないように、全てを奪っておきたい。

後ろからの方が挿れ易いのもわかっていたが、顔が見たかった。

童顔ではないが、どこか子供っぽさを残すその顔が、欲情に塗《まみ》れて淫《みだ》れる様を目に焼き付けてやりたかった。

初めての快感に恐怖を抱く身体を押さえ付けて自分をねじ込む。

「…怖い」

と本音を漏らす様に、思わず笑みが零《こぼ》れる。

それほどイイか、と。

挿入はダメなヤツもいるという話もあるから、自分の一方的な欲望だけで挿れてしまって悪かったというほんの僅かな罪悪感もそれで消えた。

誰はばかる事なく、本人に対してさえも気遣いする必要もなく、欲しいものを思うがままに味わう濃密な時間。

子供のような好青年の顔が、快感に溺れて色気を増す。

若さ故か、経験の無さからか、思った以上に花川の反応はよかった。

筋肉質の身体が力を無くし、声が嗄れるまで喘《あえ》がせ、二度も抱いた。

花川はその倍イカされただろう。

これでようやくこいつは俺のものになった。

他の誰にも渡す必要はない。

これからは思う存分、彼を独占できる。

そう思っていたのに…。


数日後、花川が珍しく昼休みに俺を食事に誘った。

「千原さん、一緒にご飯食べませんか?」

節約のためにいつもは手弁当の彼としては、本当に珍しいことだった。

恋人になるというのは、こういう違いがあるものか。

一緒に食いたいにしても、奢って欲しいにしても、花川の中に今までとは違う欲望が生まれた。

…のだと思ったのに。

「実は、俺、倉敷さんに言っちゃったんです」

誘ってやって近所のメシ屋。

座って定食をオーダーすると、彼は言いにくそうに口を開いた。

「言ったって、何を？」

数少ない喫煙可能な店なので、ついつい足が向く、夜は居酒屋になるこの店は、以前こいつに、弁当やめたら昼飯誘ってやると言ってやった店だった。

「あの…、千原さんは俺の恋人になったので、手を引いてくださいって…」

「お前が？」

倉敷とあんなに仲良くしていたのに？

自分の主張というのもあまりしない男なのに？

「すみません、勝手に。でも、倉敷さんは強敵だし、何も言わないまま好きでいさせるのも失礼だと思って」

恐縮する花川を見ながら、まんざらでもない気分だった。

他の人に渡したくないという独占欲が湧くほど、俺を好きだと言ってるようなものなので。

「まあいいだろう。倉敷ならさほど口が軽いとも思わんしな」

もし吹聴《ふいちょう》されても、倉敷が俺に惚れてたというのが本当なら、フラれた嫌がらせとでも言っておけばいい。

だが、問題はそこではなかったようだ。

「それでですね…。俺、暫《しばら》く倉敷さんの恋人になることになってしまいました…」

「ああ？」

…どういうことだ？

「もう乗り換えるのか？」

「そんなとんでもない。絶対そんなことしません。ただ、倉敷さんの虫よけってことで、恋人のフリをしろって」

独り身だというのなら、あいつには虫が必要だろう。何故わざわざ新しい恋を避けるようなことをするんだ。

「それに、俺が倉敷さんと付き合ってることにすると、もし誰かが俺と千原さんのことをアヤシイって思っても、適当にごまかせるだろうからって」

そんな方法を取らなくても、ごまかし方ならいくらだって考えてやる。

どうして手に入れたばかりの恋人を、他人の恋人として扱わなければならないのだ。

第一、俺は倉敷に『好きです』と言われた覚えはない。言ってるのは花川だけだ。

もし、それが最初から花川狙いの嘘だったらどうするつもりだ。

大体お前は天然で、人に騙《だま》されやすいタイプなんだから、嘘とはいえ倉敷と恋人のフリなんかしてて、その気になったりなられたりしたらどうする。

不満はあった。

不安もあった。

だが面倒なことに、俺はこいつ等よりも年上で上司で、取り乱すということができない立場の人間だった。

「お前は俺を振り回してみたいらしいな」

できるのは、その結果を歓迎していないぞというように冷たい視線を向けることだけだ。

「振り回すなんて…」

「俺に妬かせたいのか？」

「そんな…。っていうか、妬いてくれるんですか？」

意外、という顔で見やがって。

男を恋愛対象にしていなかった俺が、その気になって手を出したというのが、どれほどのことか、全くわかってないんだな。

「俺が妬いたらおかしいか？」

「だって、千原さんは余裕だし、俺なんかに固執してくれるなんて思ってなかったから…」

大人の余裕、か。

その視点が、余計に俺に慌てることを許さない。

「まあいい。そう思うならそう思ってろ。あんまり放っておかれると、俺の方が浮気するかも知れないぞ」

せいぜいこんな子供じみた苛めを口にするだけしか許されない。

「しないでください！　俺、なるべく早く倉敷さんに新しい恋人ができるように努力しますから。ほら、小倉さんとか絶対倉敷さん狙いだし」

「どうかな、小倉のことに気づいてて、お前を防波堤にしようっていうのかも知れないぞ？」

「そんなことないですよ。倉敷さん、千原さん一筋だったから、他の人なんか眼中になかったみたいだし。もしそうだったとしても、それならそれで他の人を探します。倉敷さんなら絶対すぐに見つかりますから」

自分でも悪趣味だとは思う。

こうして花川が狼狽《うろた》えるのを見て、溜飲を下げているのだから。

「まあ、せいぜい頑張れ。俺の浮気が心配なら、今夜俺の部屋でも来るか？」

「千原さんの？」

パアッと顔が輝いたが、すぐにそれが萎《しぼ》む。

「どうした？」

「すごく、すごく行きたいんですけど、今夜は倉敷さんに料理を教えてあげる約束をしてしまったので…。明日じゃダメですか？」

倉敷め…。

「明日は予定がある。ダメだな」

明日の予定なんかないクセに、彼のヘコむ顔が見たくて、意地悪だけでそう言ってしまう。一度誘いを断ったら、二度めは簡単じゃないぞ、と躾《しつ》けるために。

今更の恋愛。

もう心をときめかせたり、嫉妬に身を焦《こ》がすなんてことはないだろうと思っていたのに、この危なっかしい若い恋人のせいで、十代に戻ったようだ。

だがそれを楽しむ余裕は、あまりないようだった。


こうなるまで、花川と自分の関係は当たり前だが単なる上司と部下だった。

仕事の延長でメシを食いに行ったり、呑みに行ったりはしたが、週末のプライベートを一緒に過ごすということはなかった。

彼の部屋を訪れたのも抱いたあの日が初めてだったし、彼を自分のマンションへ呼んでやったこともない。

だが、恋人となったからには長い週末の時間を一緒に過ごしてみたいと思っていた。

花川が日常どんなふうに過ごしているかも知りたい。

彼と、仕事を挟まず会話したい。

あいつの複雑な過去を、ちゃんと最初から聞いてやりたい。

一人でいることに慣れてしまったであろう過去を持つあいつに、誰かと共に過ごす時間というものを教えたいとも思った。

会社では、抱き寄せることもままならないから、プライベートでたっぷりとそんな時間を作って可愛がってやりたかった。

だが、それを邪魔したのも倉敷だった。

仕事の手を止め、周囲に人がいないことを確認してからかける声。

「花川」

と名を呼ぶと、彼はすぐにモニターから顔を上げ、こちらを向いた。

「はい、何でしょう」

これは仕事の態度だ。

こういうのではない花川が見たい。

「今週末、予定入ってるか？」

そう思っての誘いの返事は。

「はい」

と言う拒絶だった。

「何だ、実家にでも用事か？」

気を取り直して更に問いかける。実家に用事なら仕方がないが、部屋の片付けとかだったら、後回しにしろと言うつもりで。

「いえ、倉敷さんのお友達に会うんです」

なのに何故、ここでその名前が出る。

「倉敷の友人？」

「ほら、倉敷さんに料理を教えてたじゃないですか。そうしたら、一度友人達にも教えてあげてくれって。料理教室みたいな。仕事ですか？　それなら断りますけど」

「いや、いい。大したことじゃないから」

「でも…」

「それより、こっちの打ち込みを頼む」

「あ、はい」

花川は確かに料理が上手い。

だが、それでわざわざ友人を集めて料理教室まで開くなんて、友人にこいつを自慢しようとでもいうのか？

外堀を埋《う》めて、囲い込もうというんじゃないだろうなと勘ぐってしまう。

倉敷がそういうタイプの女じゃないとわかっていても、女というものがいかに豹変するかを知っている歳だから。

「歳、か…」

二十代と三十代の間には、時々大きな溝を感じる。

それは衰えという意味ではなく、立場の違いだろう。

必要のない知識までも溜めこみ、周囲の目を気にして、自分のプライドを守る。もちろん、それ等を手に入れてよかった面も多くある。

だが恋愛には臆病になってしまった。

自分が焦って行動すれば幻滅されるんじゃないかとか、若いというだけでも相手が自分に勝る魅力を持っているんじゃないかとか。

性別はあまり気にしなかった。

男である自分を好きになった花川が、今更そのことを気にするとも思えない。

だが女であることが有利ではなかったとしても、女であることがマイナスにもならない。花川は男も女も同じ扱いということなのだ。

となれば、快活で、美人で、若くて、押しが強い倉敷は、やはり要注意人物だった。

かと言って、自分に何ができるだろう。

倉敷と付き合うななんて、口が裂けても言えるもんじゃない。

ただ黙って見てるだけだ。

恋人になったら、ああしようこうしようと考えていたわけではないが、やはり一度手に入れてしまったものはもう一度味わいたいという欲望はある。

それを阻害されると面白くはなかった。

一度口にして美味いと思った料理が目の前にあるのに、お預けをくらっている気分だ。

それでも、面倒で仕方がなかった山本のバカの仕事が終わり、新しい仕事に入ったら、仕切り直しができるだろうと思っていた。

だが…。


「財務パッケージの資料を揃えて、内林《うちばやし》に見てもらえ。それから仕入れルートを幾つか調べて、輸送コストの比較表も作っておくように」

新しく請け負った仕事は、俺と花川だけで済むものではなかった。

中堅の輸入業者の会社立て直しということで、経理や搬送の知識も必要となり、そっちの専門である内林と、小沢《おざわ》も入ることとなった。

そうなると、経験の足りない花川は雑務専門。

リサーチと、資料整理と、打ち込みという、社内でパソコンにしがみつく業務になる。

そして俺は責任者としてクライアントと直《じか》に打ち合わせをするために外回り。

「千原さん、今日は戻りは…？」

「昼に一旦戻って来るから、それまでに資料だけでも揃えておけ。夕方は遅くなるから直帰だな。花川も定時であがっていいぞ」

「はい」

「内林、悪いがやり方だけ見てやってくれ」

「はい」

後ろ髪を引かれつつ、花川を会社に置いて、自分は現場へ。

仕事は仕事。

もちろんきっちりとやるべきことはやるし、仕事をしている最中は色恋は別のところに置いておく。

だが、朝は前日の報告、昼は電話で指示を出し、夜は大体別々に帰宅。

たまに同席させればクライアントが一緒だし、メシ時に時間を合わせても花川は弁当組だから昼メシを誘うこともできない日々が続くと、少しずつ飢えてくる。

以前は感じることのなかった飢えを。

しかもいっそ自分も弁当を買ってきて一緒に、と思ったがそこにも倉敷がいた。

花川のせいか、不況のせいか、最近は彼女を始めとした女性陣が弁当組になってきたらしい。

会議室には女達が集まり、その女狙いで何人かの若い男どもまで入って、ちょっとしたランコン状態らしい。

別に女目当てではないとわかるだろうから、そこに入って行くことに恥じらいを感じはしないが、他の人間がいるのでは一緒にいる意味はないし、倉敷が自分達の関係を知っていると思うと下心を見透かされるようでいい気分ではない。

会社帰りに呼び出すことも考えた。

だが、仕事の打ち合わせは長引くことが多く、夕飯を誘うには遅すぎたり、花川に料理教室が入っていたりとタイミングが合わない。

なけなしの大人の余裕も、すっかり影を潜めてきた頃、意外なところからきっかけが現れた。

「千原さん、ちょっと相談があるんですけど…」

昼メシ時、打ち合わせから資料を取りに戻った俺を捕まえたのは小倉だった。

「何だ？　何かトラブルか？」

「いや、そうじゃないんです。実は…」

小倉は辺りを窺《うかが》うように視線を巡らせ、近くに人影がないのを確認すると更に一歩近づいてきた。

「千原さん、花川と親しいですよね？」

「まあアシスタントだからな」

「花川と、倉敷、実際どうだか知ってます?」

その一言で彼の言いたいことの大体の察しが付いた。

「お前、倉敷狙いなのか?」

「いやぁ…」

小倉は言葉を濁した。

そこははっきりしてもらいたい。

もしお前にその気があるなら、こっちとしてもありがたいのだから。

「花川の話じゃ、弟扱いってことだが、いつまでそうだとは言えないぞ」

「やっぱりそう思います?」

小倉の顔が不安に曇る。

「倉敷のことが好きなら、花川がどうとか言ってないで、ちゃんと行動した方がいいぞ」

「行動って…」

「デートくらい誘ったらどうだ」

「でも、断られたら…」

その一言で彼の気持ちは確定だった。その気がないなら出てこないセリフだ。

「出遅れると後が大変だぞ。花川以外にも倉敷ならライバルが多いぞ」

「ですよね」

「お前だって、社内の女どもに人気はあるだろう。何でそんなに後ろ向きなんだ」

「だって、倉敷はモテるし」

「モテるからアタックするんだろう」

さっさと倉敷に片付いてもらいたいという下心もあってだが、他人の恋愛だと簡単に背中が押せるものだ。

「でも何て言って？」

「そりゃ、メシでも一緒に食おうでいいんじゃないか？」

「行ってくれなかったら？」

「…あのなあ。そんなのやってみなきゃわからんだろう」

「でも、花川といい感じだし。昨日も帰り、一緒だったんですよ」

…倉敷め。

「ああ、何だか料理教室やってるって言ってたな。花川が料理が上手いんで、女子社員に教えることになったって。だから別にデートってわけじゃない」

自分に言い聞かせるように説明してやる。

「料理教室？　じゃ、二人っきりじゃないんですか」

「らしいな」

「千原さん、花川にその気がないなら、俺をプッシュしてくれって言ってくれませんかね？」

「俺から？」

「すみません。でも、花川がライバルだったら頭下げるの嫌じゃないですか」

「遠回しなことしてないで、好きって言えよ」

「好きって言ってからフラレるのと、遠くから見てる間に終わるのとじゃショックの度合いが違うじゃないですか」

まあ確かに。

自分も、花川が動いてくれたからあいつを手に入れることができただけで、もし言ってこなかったら小倉と同じように遠くから眺めたまま恋の終わりを待っただろう。

「プッシュさせることは伝えてもいいが、最終的にはお前次第だろう」

「そうですけど…」

「仕方ないな。何かお前等二人に用事でも言いつけて外へ出してやる」

「ホントですか？」

「今回の仕事はリサーチも多いからな。花川に話を通して内緒でサボらせるから、代わりにお前等がそれをやってくれるんなら」

そうすれば、花川に時間を作ってやれて、二人で過ごすことができるかも知れない。

「やります、やります」

「倉敷には言うなよ、あくまで偶然ってことにしとけ」

「もちろんです」

花川を引っ剝がして他の男を宛てがったとわかったら、彼女ならその意図に気づくかも知れないから。

「じゃ、行って自分の仕事に調整つけとけ」

「はい」

「二人で出たら、ちゃんと告白するんだぞ。せめてデートの約束ぐらい取り付けろ」

「はい」

俺の下心を知らず、小倉は感謝しながら席に戻って行った。

他人の恋愛の心配をしてやる趣味はないが、今回ばかりは別だ。

向こうから相談されたという免罪符を手に、自分の恋人を取り戻せるのなら、これくらいの労力は払ってやってもいいだろう。

俺はそのままオフィスに入り、花川と倉敷を捜した。

偶然なのか、それがいつものことなのか、倉敷は花川の傍《かたわ》らに立っていた。

「花川」

と名前を呼ぶと、二人一緒に振り向く。

「はい、何でしょう?」

割り込んでると思われるのが嫌なので、二人からちょっと離れたところに立つ。

「ちょっと話がある」

「俺、まだ昼が…」

「すぐ済む」

「はい。じゃ、倉敷さん。俺後で行きます」

「わかったわ」

ついでに、倉敷にも前振りだ。

「ああ、倉敷」

「はい」

「お前、今暇か？」

「暇ってほどじゃないですけど、時間は作れます」

「なら、悪いが、少し手伝ってもらいたいんだが、いいか？」

「はい、もちろん」

もし花川が言う通り、この倉敷が自分狙いだというのなら、こっちもちょっとイタズラしてみるか。

「すまんな、後で詳しく連絡するから」

女は髪形を作ってるから、頭に手を置くとうるさいかと思って軽く肩を叩く。

その瞬間、花川の表情が、ほんの少しだけ『あ』という顔になった。

以前はその顔を、俺に倉敷に手を出すな、という顔なのだと思っていたが、花川の言葉が真実だとわかった今は、倉敷に対する嫉妬ということになる。

だとすれは、少しは溜飲が下がる。

「ほら、来い花川」

「…はい」

花川は、デスクに出していた弁当を引き出しに戻し、席を立った。

「何だったら弁当持って来てもいいぞ。話が終わったらそのまま食えばいい」

「はい」

俺が言うと改めて弁当を取ってついて来る。

大会議室は弁当組が集まってるだろうから、そこから一番離れたところがいいだろう。そして他人が近づいてくる心配がない部屋がいい。

というわけで、俺は廊下の奥の第五会議室へ彼を連れて行った。

向かい合わせの長テーブルが二つとパイプイスが六脚置かれ、それだけでいっぱいの狭い部屋。

「あの、何でしょうか…?」

弁当をテーブルに置いてイスに座ろうとする花川の手を取って引き寄せ、壁にその身体を押し付ける。

「千原さん…？」

「さっき小倉から声をかけられてな」

「は…、はい」

両腕を壁につけ、その間に彼を捕らえ、覗き込むように顔を近づける。

花川は近すぎる顔に戸惑うように視線を彷徨《さまよ》わせた。

たったこれだけのことに、可愛い反応だ。

「やっぱり小倉は倉敷狙いだったよ。お前と倉敷の関係はどうなのかって相談された」

「やっぱりそうですよね。じゃ、俺なんか全然関係ないって…」

「弟のような扱いらしいと言っておいた」

会話を続けながら、彼の脚の間に自分の脚を入れる。

「千原さん、あの…」

「何だ？」

「す…、座りませんか？」

「残念だが、俺は資料を取ったらまたすぐに出なきゃならん」

「はあ」

戸惑っているだろう。

どうしたらいいか悩んでるだろう。

その顔を見ると、お前が俺を意識してるとわかって気分がいい。

「それでだな、お前が今調べてる小売店での商品動向調査、まだ終わってないだろう?」

「はい、財務パッケージについてまだ内林さんに教えてもらってる最中なので、半分しか…」

「半分? もう半分も終わってるのか」

「すみません、すぐ取り掛かります」

「いや、やらなくていい。後は小倉と倉敷にやらせる」

「どうしてですか? 俺がトロイからですか?」

「ばか」

ほんの少し首を動かして、目の前で動いていた唇に唇を重ねる。

面白いほど瞬時に、花川の顔は赤くなった。

「小倉に二人きりになるチャンスを与えるためだ。仕事なら倉敷も断らないだろうし、小倉も変な気を起こせないだろう」

「はい…」

「その後どうなるかは、本人の努力次第だな。何だその顔は、不満か?」

睨むようにこっちを見つめてるから、小倉を近づけるのに反対なのかと思ったが、そうではなかった。

「今、キスしましたよね…」

そっちか。

「ちょっと掠っただけだろう」

「千原さんにとっては掠っただけでも、俺にとってはちゃんとしたキスと一緒です」

「嫌だったのか？」

「千原さんにキスされるのは嬉しいですけど、…すぐにいなくなっちゃうんでしょう？」

「仕事だからな」

「だったら不用意に会社で変なことしないでください」

「どうして？」

「どうしてって…」

また花川の顔が赤くなる。

「勃ったか？」

「千原さん！」

「お前が望むなら、ここでするのもスリリングかも知れないが、生憎《あいにく》時間がなくてな。何だったら手だけでも貸してやろうか？」

壁についていた右手を下ろして彼の太腿に触れると、花川はビクッとして身体を引いた。

「ダメ、ダメですっ！」

「本気にするな、冗談に決まってるだろう」

「千原さん！」

俺が歳をくってひねくれた分、花川が素直でいてくれるのは嬉しかった。

駆け引きの必要もなく、全身で俺を好きだと示してくれる彼の態度を見る度に、ほっと胸を撫で下ろす。

大丈夫、こいつはまだ俺に惚れている、と。

だからといってそれに胡座《あぐら》をかくのはこいつにとって失礼だろう。

二人きりなら、少しだけ折れてやってもいい。

「やるなら、ちゃんと時間をかけて可愛がってやりたい。ここんとこ仕事が忙しくて、会えなかったからな。これでも寂しいと思ってるんだ」

なんて本音を教えてやってもいい。

「本当に…？」

「ああ。だからキスくらいいいだろう？」

「…わかりました。じゃ、今回だけは我慢します。でも千原さんは簡単なキス一つかも知れないですけど、俺にとってはそんなに軽いものじゃないってわかってください」

「足りないのか？」

「だからそういうのじゃなくて、頭から離れなくなって、仕事に集中できないってことです」

「それはいい」

「いい？」

「会えない間も、俺のことを忘れないっていうなら、もうちょっとサービスしてやろう」

「ち…、ちょっと…ダメ、千原さん…っ」

顔を寄せてキスをして、今度はちゃんと唇を合わせた後に舌を差し入れる。

『ダメ』と言ったくせに、花川からの抵抗はなく、彼の口の中に入り込んだ俺の舌は、好きなように動き回った。

怯えたように奥に引っ込もうとする彼の舌を吸い上げながら、両腕で彼を抱き締める。

もちろん、花川は逃げなかった。

抱き合って長くするキス。

だんだんと力が抜け、身体が溶けるようにしなだれかかってくる。

あまりやりすぎると、こっちが我慢できなくなりそうだ。

「あ…、ダメです…」

ネクタイを緩め、ワイシャツの襟を開き、隠れる場所を確認してから嚙み付くようにそこへキスマークを残す。

「痛ッ」

何をされたかぐらいは察しがついたのだろう。彼は逃げるように窓際へ駆け寄ると、キスマークを確認した。

「こんなにくっきり…。誰かに見られたらどうするんですか」

「ネクタイを解かなけりゃ見えんさ、浮気防止だ」

「浮気なんてしませんよ！」

初めて見た時、肉食獣の子供みたいだと思った。

獣だが、可愛いと。

そしてその獣は着実に育っていた。

「浮気を心配するのは俺です」

花川はそう言うと、戻ってきて、俺の首に齧り付いた。

吸い上げられたというより、咬みつかれた痛み。

「ツッ…。お前、見えるところに」

「言い訳に苦労してください。そしたらその度に俺のことを思い出してくれるでしょう。千原さんだって、少しは余裕をなくせばいいんです」

拗ねた口調。恨みがましい、けれど甘えたセリフ。

目の前にいるのは、もう子供じゃない。

ここにいるのは部下でもない。

俺を独占したがる恋人だ。

「残念だが、今ここでは余裕をなくしてる時間がない」

「わかってますよ」

「だがな、お前が望むなら、俺も余裕をなくしてやる。今夜は誰が来てようが、お前の部屋へ行って、満足させてやるからな」

「は？　だって今夜は倉敷さんが料理を…」

恋人が望むのなら、答えはすぐに出してやる。

「誰がいても、だ。見られたくなかったら他人を断れ」

ちらりと腕の時計を見ると、もう出なければならない時間だった。

名残《なごり》は惜しいが、ここまでだ。

俺はもう一度花川の手を取り、引き寄せて軽いキスをすると最後に念を押した。

「抱く気満々で行くからな」

互いに、相手を独占したいと思う気持ちがあるのなら、答えは出ている。

「…夕飯の支度して待ってますからね！」

恋の途中ならば臆病に、だが恋人には強引にと…。

あとがき

皆様、初めまして、もしくはお久し振りです。火崎勇《ひざきゆう》です。

この度は「ターン・オーバー・ターン」をお手に取っていただき、誠にありがとうございます。

イラストの麻生海《あそうかい》様、素敵なイラストありがとうございます。担当のY様、色々お世話になりました。

ここからネタばれアリなので、お嫌な方は後回しにしてくださいね。

このお話のタイトルは、簡単に言うと、立場逆転みたいな意味です。

どうしてそんなタイトルにしたかと言うと、最初は花川《はなかわ》が千原《ちはら》さんに告白し、次に千原が花川にちょっかいを出し、次に花川が千原を押し倒し、最後に千原が手を出すという、攻守立場がくるくる変わるから、なのです。

巻末に千原の気持ちを書きましたが、千原はいい歳なので、どんなにストレートに言われても、恋愛には（あれでも）臆病だったのです。

歳をとると、恋愛に失敗した時の傷が大きくて、立ち直れなくなるのでは、と思ってしまうわけですね。

でもまあ、ここまで来たからには、後は順調だと思います。

作中、花川の家庭はちょっとヘビーですが、本人は全くヘビーだと思っていません。でも、千原の方は可哀想と思うところがあって、ついそこには触れないようにしようと思ってたりもします。

つまり、何をしようが本当のところは千原の方が繊細、ということです。オッサンだけど…。（笑）

そんな二人ですが、これからどうなるでしょうか？

…表面上はあまり変化ありません。

だって、人には知られない恋ですから。

でも花川はいつか一緒に暮らしたいなぁと思うかな？　ただ、臆病者の千原は最初は一緒に暮らすことに同意しながら現実味が帯びてくるとイマイチいい反応しないかも。

だんだん不安になるわけですよ。自分の素の姿を見たら、花川ががっかりするんじゃないかって。もちろん、そんなこと口にはしませんが。

でも言ってくれないから、花川は自分のことが好きじゃないのかもと不安になったりもする。

そんな時に花川狙いの人間が現れたら…。

女性だったら倉敷《くらしき》さんがチェックして邪魔してくれるんでしょうが、男性だと気付くの遅れてしまう。

その間に積極的に迫られたりして、結局倉敷さんに相談。

「…どうして花川くんばっかり男にモテるかな。一人回してよ」ぐらい言うかも知れませんが、親身に相談に乗ってくれるでしょう。

そんで「花川は浮気はしないよ」なんて口でだけ強気の発言をしている千原に「そんなこと言ってるとトンビに油揚でも知りませんよ」と脅しをかける。

鼻先で笑い飛ばしながらも、タバコを逆にして火を点ける千原…。

花川も、妬いてくれない千原に不満を抱きつつ、文句も言えずに現状維持してると、本格的に襲われたりして。

そこへくわえタバコの千原が、花川の背後から首に腕を回して「すまんな、これは俺のだから」と言ってさらってゆく。

で、「どうしてもっと早く来てくれなかったんですか」というと、「信じてたからだ」としゃあしゃあと言う。

でももしキスの一つもされていようものなら、その夜の花川は…。

あ、でも相手が千原が慌てるような相手だったら反応が違うかも。

あとがき

たとえば、千原の学生時代の友人とか。

やる気満々で、手が早くて、千原をライバル視してるようなスマートなおじ様というのもいいかも。

そうなるとかなり早いうちに「これは俺のだ」発言あるかもね。

ちなみに、千原狙いの人間が現れた時には、倉敷さんとダブルスで戦うでしょう。彼女は強いからガードはばっちり。…ちょっと他力本願？

その倉敷さんの幸福についてですが、山本《やまもと》では何か物足りない気が…。

何か彼女にはもっと極上な男が現れるといいな、と思います。

そのライバルのおじ様が倉敷さんの男前さにベタ惚れに、というのもいいかもね。


それではそろそろ時間となりました。また会う日を楽しみに…。

CROSS NOVELS既刊好評発売中

恋に堕ちるのは一瞬。

高望みなんてしない——見ているだけでよかったのに。

裏切る唇

火崎 勇

Illust **角田 緑**

同級生の益岡への片想いを引きずったまま、彼と同じ会社に入った滝。素直になれず、ただ傍にいられたら、と。だが、一緒に仕事をすることになり、嬉しいのに意地を張った滝は、怒った益岡に無理やり達かされてしまう。怒りに任せた接触も、益岡が好きな滝の身体は甘く切なく疼いてしまい……。完全に嫌われた、そう思っていた滝に、何故か再び益岡は口づけてくる。彼の真意がわからない滝は、酔いつぶれて眠る益岡に最後のキスをしかけるのだが!?

CROSSNOVELS好評配信中！

携帯電話でもクロスノベルスが読める。電子書籍好評配信中!!
いつでもどこでも、気軽にお楽しみください♪

QRコードで簡単アクセス！

始まりはミステイク

illust かんべあきら

火崎勇

近づくと、我慢ができない

ニューヨークのインテリアデザイン事務所で働く麻川界人は、日本支店の新規立ち上げに伴い、帰国することになる。それと同時に、離れて暮らす母が再婚し、界人に兄弟が出来た。だが、日々の仕事に忙殺され、義兄・東秀に会う機会を逃していた界人と彼を引き合わせたのは、皮肉にも「両親の事故の知らせ」だった。搬送先を聞くために東秀の家を訪れた界人。しかし、初めて会った義兄は蔑むような笑みを浮かべ、強引に口づけてきて!?

恋の眠る夜

illust 麻生海

火崎勇

ずっと一緒にいたいと思ってた。
でも欲しがっちゃいけないと思った。

ベストセラー作家として成功をおさめていた北園貴文は、十数年前に手酷い裏切りを経験した。狂おしい恋心を封じ、新しい土地での生活にようやく慣れてきた頃、彼の前に出版社の社長として現れたのは、かつての恋人・松平紅也だった。思いがけない再会に戸惑い動揺する北園に、松平は「話をしたい」と告げる。忘れたい過去に触れられることを頑なに拒んだ北園は、激情に駆られた松平によって強引に組み伏せられてしまい——!?

好きには恋を

illust 街子マドカ

火崎勇

出会ったのは偶然、
愛したのは必然。

自身が勤める会社の社長に呼ばれた乃坂は、突然息子の家庭教師を頼まれる。大学に行かないと反抗しだした息子を説得してくれないかということだった。打算も働いた彼は、その依頼を承諾するが、紹介された息子は、数日前にホテルに誘われ、三万円で抱いた青年・一希だった。動揺しつつも、裕福に育った子供の反抗期だと思っていた乃坂だが、一希の時おり見せる孤独そうな表情は、単に反抗期だけだとは思えなくて……。

CROSS NOVELSをお買い上げいただき
ありがとうございます。
この本を読んだご意見・ご感想をお寄せください。
〒110-8625
東京都台東区東上野2-8-7　笠倉出版社
CROSS NOVELS 編集部
「火崎 勇先生」係／「麻生 海先生」係

CROSS NOVELS

ターン・オーバー・ターン

著者
火崎 勇

2011年6月23日　初版発行　検印廃止

発行者　笠倉嗣仁
発行所　株式会社　笠倉出版社
〒110-8625　東京都台東区東上野2-8-7　笠倉ビル
[営業]TEL　03-3847-1155
FAX　03-3847-1154
[編集]TEL　03-5828-1234
FAX　03-5828-8666
http://www.kasakura.co.jp/
振替口座　00130-9-75686
印刷　株式会社　光邦
装丁　團夢見(imagejack)
ISBN　978-4-7730-8556-3
Printed in Japan

CROSS NOVELS